Winfried G. Luible

Einfahrt Freihalden!

Jettingen-Scheppach-Krimi 3.0

Bibliografische Information der Deutschen Nationalbibliothek:
Die Deutsche Nationalbibliothek verzeichnet diese Publikation
in der Deutschen Nationalbibliografie; detaillierte bibliografische
Daten sind im Internet über http://www.dnb.de abrufbar.

Herstellung und Verlag:
BoD – Books on Demand, Norderstedt

ISBN: 978-3-7528-8081-6

'Alles, was wir hören, ist eine Meinung, keine Tatsache.
Alles, was wir sehen, ist eine Perspektive, nicht die Wahrheit.'

(Marc Aurel)

Inhaltsverzeichnis

Vorwort	1
Beton	2
Wertstoff	5
Twitter	10
Presswurst	15
Landkriegsordnung	17
XY ungelöst	21
Darth Vader	24
Geschasst	28
Exploditter	31
Private Investigations	35
Spaß	42
Sechz'ger	48
Plunder	50
Klugscheißer	53
Mähroboter	57

Beinahe-Defenestration 61

Defätist 65

Old School 68

A.I. 70

Arbeitshypothese 76

Aruba 78

Mermaiding 86

Anruf 93

Bärendienst 94

Bluff 100

Rehab 105

Danksagung 107

Vorwort

Die Marktgemeinde Jettingen-Scheppach liegt im nördlichen Mindeltal. Anfang der siebziger Jahre des vorigen Jahrhunderts ist sie durch freiwilligen Zusammenschluss der beiden namensgebenden Orte und anschließende Eingemeindung der Dörfer Schönenberg, Ried, Freihalden und Eberstall entstanden.

Den Hintergrund dieser (fiktiven) Geschichte bildet die jüngst durch den neuen Bürgermeister forcierte, positive wirtschaftliche Entwicklung. Im Namen seiner unlängst gegründeten Partei 'JSZ – Jettingen-Scheppach Zuerst' hat er mit Zustimmung der Bevölkerung alle freien Flächen rund um seine Orte als Gewerbegebiete ausgewiesen, die Infrastruktur ausgebaut und neben Handel und mittelständischer Industrie auch Hochtechnologie-Unternehmen aus der Automobilindustrie angelockt. Dadurch hat sich die Marktgemeinde nachhaltig zum Eldorado Mittelschwabens entwickelt: Die Bürger sind glücklich, in Jettingen-Scheppach lässt es sich gut leben: Man kann gut Geld verdienen und gut shoppen.

Eines Tages wird der Friede durch einen mutmaßlich terroristischen Anschlag gestört, bei dem in Freihalden zwei Menschen ums Leben kommen. Durch Zufall wird der Frühpensionär und ehemalige Hauptkommissar Hans Hegele unfreiwillig in die Ereignisse involviert. Das ist seine Geschichte.

Alle Handlungen sind frei erfunden, Ähnlichkeiten mit lebenden oder toten Personen sind rein zufällig und nicht beabsichtigt.

Beton

Mittwoch, mittags. „Bluadiger Hund!" Das war ihm in seinem ganzen Leben noch nie passiert – er wusste tatsächlich nicht mehr, in welche Richtung er jetzt zu fahren hatte. Hauptkommissar a.D. Hans Hegele musste mit seinem silbernen Hyundai-Kleinstwagen am Straßenrand anhalten.

Im Auto roch es streng nach nicht ausgewaschenen Plastik-Lebensmittelverpackungen. Seine Frau hatte ihm zuvor aufgetragen, sechs randvoll gestopfte 'Gelbe Säcke' zum Wertstoffhof zu fahren, und die Dringlichkeit der Angelegenheit mit den resoluten Worten „Bitte heute noch!" unterstrichen. Klares Indiz, dass der Ex-Polizist davon auszugehen hatte, dass es sich dabei nicht um eine freiwillige Aktion handeln würde.

Aufgrund der finanziell klammen Situation der Gemeinden nördlich der Autobahn, die dazu geführt hatte, dass die Müllabgabestellen dort nur noch samstags und aus Personalmangel nur für jeweils drei Stunden geöffnet waren, sah sich Hegele gezwungen, das Zeug verbotenerweise über die A8 hinüber nach Jettingen-Scheppach zu fahren. Er wusste aus Stammtisch-Erzählungen, dass sich dort jeden Mittwoch die Rentnerschaft der wirtschaftlich prosperierenden Marktgemeinde traf, um Neuigkeiten auszutauschen – und nebenbei ihren Müll zu entsorgen. Das war vergleichbar mit dem Rentnergedränge zur Apfelernte beim Gum in Knöringa. Hegele war sich sicher, dass er mit seinem GZ-Autokennzeichen nicht negativ auffallen würde. Selbst wenn die meisten zwischen Röfingen und Burtenbach jetzt schon mit dem vor einem halben Jahr auf Anregung der Christsozialen eingeführten 'JS'-Nummernschild herumfuhren.

Weil Hegele nur eine vage Vorstellung davon hatte, wo

sich der Jettinger Wertstoffhof überhaupt befand, hatte er zuvor – ohne zu fragen – das Navigationsgerät aus dem Auto seiner Frau ausgeliehen und mit dem Saugnapf an der Windschutzscheibe seines Kleinwagens befestigt. Die Zielführung zum eingegebenen Navi-Ziel 'Müllsammelstelle' hatte bis zum Scheppacher Autobahnkreisel mit dem dunkelgrau gestrichenen, mehrere Meter hohen Grashalm optimal funktioniert. Doch dort, Punkt 12 Uhr Mittag, war plötzlich auf dem Navi-Display die alarmierende Nachricht 'keine Satelliten gefunden' erschienen. Hinter dem Emoji-artigen Symbol in Form eines Sputniks leuchtete die Zahl 'Null' rot auf. Das Gerät spielte verrückt.

Hans Hegele war noch bis in die Messerschmittstraße gefahren und hatte sein Auto hinter dem Bauhof auf einem der Arbeiterparkplätze am Straßenrand angehalten – inmitten der Betonbauten und mit S-Steinen versiegelten Flächen. Er stieg aus und lief wenige Meter zu einem älteren Mann, der auf dem Betonsockel einer mobilen Straßenlaterne saß, sein Kinn auf einen hölzernen Spazierstock gestützt. Hegele kannte diesen Mann gut von zwei Ermittlungen, die er vor Jahren zusammen mit seinem ehemaligen Kollegen Mehmet Akbulut im Mindeltal geführt hatte: Es war Schäfer Alfred.

„N'morga!", begrüßte der frühere Polizeibeamte seinen ehemaligen Zeugen und setzte sich rechts neben ihn auf den Betonblock.

Alfred nickte erst nur in Gedanken versunken zurück und grüßte dann mit einem leisen „Wo hasch'n Dei Uniform g'lassa?" Er wusste sicherlich, dass Hegele schon pensioniert war. Ein positives Zeichen also: Hätte Alfred keine Lust auf Kommunikation gehabt, dann hätte er jetzt einfach nichts gesagt oder wäre schlicht aufgestanden und gegangen. Dieser Satz war somit als freundliche Einladung zu einem Gespräch zu verstehen.

„Wo isch denn hier der Wertstoffhof?", fragte daher der frühere Hauptkommissar.

„Hier isch der nedder!", antwortete der ehemalige Schäfer. Entgegen Hegeles Erwartungshaltung und der üblichen Wortkargheit der Landwirte aus Jettingen-Scheppach fing Alfred nun an, zu erzählen:[1] „Das hier ist meine ehemalige Wiese! Bis vor ein paar Jahren habe ich noch meine Schafe hier geweidet, über zweihundert Bentheimer und rund zwanzig Württemberger Merinos. Das war alles Grasland – von hier bis zur Mindel und darüber hinaus. Das war hier alles grün! Da hast Du kein einziges Auto gesehen. Jetzt ist alles zugebaut!"

Hegele blickte um sich. Er konnte sich vorstellen, dass man von dieser Stelle den Fluss Mindel durchaus gesehen hätte, wenn nicht die jüngst hochgezogenen, funktionalen, betonfarbigen Lagerhallen mit ihren dunkelgrauen Plastikrolltoren den Blick in alle Richtungen versperren würden. Jetzt hatte dieser Ort nur noch den Charme eines in einem Schwarzweißfernseher betrachteten, osteuropäischen Industriegebiets.

Schäfer Alfred schien zu verstehen, was Hegele gerade durch den Kopf ging. Mit einem trotzigen Tonfall fuhr er fort: „Das hat alles einmal mir gehört. Als ich vor Jahren den Grund für den Jettinger Sportplatz habe hergeben müssen, habe ich ja noch nichts gesagt. Dann ging es hier weiter. Zuletzt haben sie meinen Boden unten an der Mindel konfisziert, um die Hochwasser-Rückhaltebecken der Gemeinde zu bauen – wo soll das Regenwasser auch hin? Jetzt habe ich nur noch zwei versumpfte Tagwerke vorne an der Autobahn."

Der alte Mann drehte seinen Kopf demonstrativ langsam von links nach rechts. Hegele folgte ihm mit seinem Blick. In der Tat konnten Asphalt und Beton das Wasser wesentlich schlechter aufnehmen als der frühere Mindeltal-Torfboden. Das unterhalb gelegene Burgau hatte das oft genug zu spüren bekommen.

---

[1] Zum besseren Verständnis sind die schwäbischen Textpassagen hier und im Folgenden ins Hochdeutsche übersetzt.

Wertstoff

Mittwoch, kurz nach Mittag. Schäfer Alfreds Wegbeschreibung hatte Ex-Kommissar Hegele doch noch sicher und ohne Umweg an sein Ziel gebracht: „Da fährsch jetz grad aus und dann glei links!" Tatsächlich befand sich der Wertstoffhof immer noch dort, wo man ihn einst haben wollte – auf einem jetzt von den lokalen Gewerbetreibenden heiß begehrten Grundstück in der Nähe des Bahndamms, aber noch vor dem Gemeindezentrum der 'Lutheraner'.

An dem Müllabgabeplatz hatte die JSZ, die Wählergеmeinschaft 'Jettingen-Scheppach Zuerst', eines ihrer Wahlversprechen eingelöst, mit dem sie bei der letzten Kommunalwahl die Mehrheit im Gemeinderat erreicht und das Bürgermeisteramt gewonnen hatte. Ein großes Wahlplakat mit dem Slogan 'JSZ für die Modernisierung des Wertstoffhofs' prangte noch immer am Eingangstor. Darauf war quer ein gelber Zettel geklebt mit der Aufschrift: 'Dank an alle Wähler – wir haben geliefert!' In der Tat hatte die CSU damals selbst mit der Ankündigung, ein eigenes Kfz-Kennzeichen für die Marktgemeinde einzuführen, nicht mehr punkten können und war noch hinter der SPD nur auf Platz drei in der Anzahl der Stimmen gekommen. Die Thematisierung der Kundenfreundlichkeit des Wertstoffhofs im Wahlkampf und ein just zu dieser Zeit zufällig auf Youtube aufgetauchtes Video, in dem zu sehen war, wie dem damaligen Oppositionsführer ungerechtfertigterweise von drei mit oranger Warnweste bewaffneten Angestellten für die an sich freie Entsorgung eines Sperrmüllgegenstands dennoch vier Euro Restmüllgebühr regelrecht abgewrungen worden waren, hatte die Volksseele zum Kochen gebracht – und in diesem Zug den Old-School-Establishment-Politikern ihre

Mandate gekostet.

Die Modernisierung durch die JSZ war in zwei Schritten vollzogen worden: Erstens konnten durch die Erhöhung des Gemeinde-Fremdkapitalanteils sowohl lokal ansässige Finanzdienstleister in ihrer Marktposition gefestigt als auch gestalterische Umbaumaßnahmen – das Streichen der Gebäude in einem gelben Pastell-Farbton, die fast vollständige Überdachung des Parkplatzes mit einem Regenschutz und das Anbringen eines Storchenkorbs – finanziert werden. Zweitens wurde die Wertstoffhof-Dienstleistung an eine auf die Müllverwertungsbetreuung spezialisierte Zeitarbeitsfirma externalisiert.

Durch diese Win-Win-Sofortmaßnahme hatte sich viel geändert. Die Kunden des Abfallbetriebs wurden nun von Mitarbeitern mit blauen oder grünen Warnwesten bestens betreut und auch bei Regen nicht mehr nass. Aufgrund des heimeligen Flairs zahlten sie gerne die 6,98 Euro für die Restmüllabgabe. Nur die Störche wollten sich hier inmitten des Gewerbegebiets eines auf ewig zugepflasterten Mindeltals einfach nicht einfinden.

Der Ex-Polizist war in den weitläufigen Hof gefahren und hatte sein Auto in einer der doppelreihigen Parklücken abgestellt. Links neben ihm stand ein dunkelblauer Opel Meriva mit Klopapierrolle auf der Hutablage, was offensichtlich ganz und gar nicht als humorvolle Parodie auf längst vergangene Tage gedacht war. Rechts neben ihm parkte ein schmutziger, dunkler Geländewagen koreanischer Bauart mit einem auffälligen, auf der Anhängerkupplung montierten Korbgestell. Ein Mann im Rentenalter brachte daraus Schrottteile jeweils einzeln zu einem riesigen, orangen Altmetallcontainer, stieg die außen angebrachte Stahltreppe hoch und warf die Stücke unter lautem Gepolter in den Behälter. Einige zehn Meter vor Hegele war ein altbackener, grüner Traktor mit grün-rotem Mengele-Anhänger rückwärts abgestellt, um Baumschnitt auf einen riesigen Haufen mit Reisig zu kippen. Vom Fahrer fehlte jede Spur.

Anhand der Farbe und am klopfenden Sound des noch laufenden Motors identifizierte der ehemalige Kriminalhauptkommissar den Bulldog eindeutig als ein Modell vom Typ
Fendt Farmer – 103er Baureihe. Rechts außen an den Con-
tainern für den Grünschnitt standen mehrere noch gefüllte
Kunststoff-Tragebeutel mit Gras einfach so herum. Von den
Insassen des anderen halben Dutzend von auf dem Parkplatz abgestellten Rentner-Autos, sowie vom Wertstoffhof-
Personal fehlte ebenfalls jede Spur. Wo waren die bloß alle
hin?

Hans Hegele stieg aus seinem Auto aus und lief unter
dem Regendach hervor. Die Katastrophensirenen der umliegenden Ortschaften schlugen Alarm. Entfernt konnte er
die Signalhörner mehrerer Einsatzfahrzeuge hören. Auf der
Umgehungsstraße nach Burtenbach musste wieder ein Unfall passiert sein – oder kamen die Geräusche aus der anderen Richtung? Neugierig drehte er sich einmal um seine
eigene Achse und versuchte anzupeilen, woher die Schall-
wellen des Tatü-Tata seine Ohren erreichten. Der multi-
ple Widerhall vom Bahndamm und von den mehrstöckigen
Gebäuden ringsherum machte dies zu einem vergeblichen
Unterfangen.

Ffft-ffft-ffft-ffft flog jetzt ein gelber ADAC-Hubschrauber
im Tiefflug über den Wertstoffhof hinweg. Hegele duckte
sich instinktiv mit dem Aufschrei: „Bluadiger Hund!" Dann
war der Rettungshelikopter auch schon hinter den Fassa-
den der angrenzenden Gewerbebauten verschwunden. Der
Ex-Polizist brauchte ein bisschen, um nach dem Schreck
über das plötzliche Auftauchen des Hubschraubers und dem
Widerhall der Rotorgeräusche unter der Parkplatzüberda-
chung seine Fassung wieder zu erlangen. Erst dann realisier-
te er, dass der Helikopter immerhin noch eine Flughöhe von
50 Metern oder mehr gehabt haben musste – also keine Gefahr für das Leben der Rentnerschaft der Marktgemeinde.
Hegele kombinierte sofort: Von der Richtung des Anflugs
her war das Christoph 22 aus Ulm. Und der Unfall – oder

was auch immer es war – musste irgendwo im Osten von Jettingen passiert sein.

Inzwischen war der Fahrer des schmutzigen Geländewagens wort- und grußlos an Hegele vorbeigelaufen, in sein Gefährt eingestiegen und losgefahren. Beim Wegfahren erkannte Hegele, dass unterhalb des Metallkorbs halb verdeckt und verschmutzt schwarz auf rußig grau das Kennzeichen JS-Z 111 prangte – also war auch der ein Anhänger der neuen Wählergemeinschaft. Auf die Fahrzeugseite war in schmutzig roten und vergilbt weißen Buchstaben der Name irgendeines lokalen Handwerksbetriebs aufgedruckt – eine Werbung von etwas zweifelhafter Außenwirkung. Im Unterbewusstsein entschied der Polizei-Pensionist, die Leistungen dieses Handwerkers niemals in Anspruch nehmen zu werden.

Hegele warf zunächst alle seine Gelben Säcke in die dafür vorgesehenen Klappcontainer. Überraschenderweise war immer noch keiner gekommen, um zu prüfen, dass die Alufolien von den Joghurtbechern abgezogen, die Milchtüten ausgespült und – trotz kollektiver Pyrolyse in Burgau – der Polyurethan-Müll sorgfältig vom Polyethylenterephthalat-Abfall getrennt war.

Er schaute sich noch einmal um und lief dann in Richtung der großen Halle des Wertstoffhofs. Auf den Seziertischen ähnelnden, blechernen Sortierbänken des Personals lag allerlei elektronischer Krimskrams herum – alte iPhones 11, die längst keiner mehr haben wollte, Bügeleisen, CD-Player. Auch von der früheren Maxime, dass kein Buch in der Jettinger Papierpresse landen dürfe, war die Marktgemeinde noch nicht abgekommen: Der Nachbartisch war nahezu vollständig von alten Schinken bedeckt, die Regale dahinter bereits proppenvoll mit Büchern. Der Eingang an antiquarischem Lesestoff schien den Bedarf der Einwohner Jettingen-Scheppachs weit zu übertreffen.

„Haaaallo!"

Auf den Ruf des Ex-Polizisten hin lugte sofort ein Kopf

aus der Tür des Aufenthaltsraums der Müllabgabestation hervor: „Was isch'n?"

Statt zu antworten, ging Hans Hegele zu der Frau hin, die soeben mit schriller Stimme auf sich aufmerksam gemacht hatte. Sie trug eine grüne Warnweste über dem schwarzen Iron Maiden-T-Shirt, das nach Einschätzung des früheren Kommissars sehr gut zu ihrem Lebensalter passte. In bewährter Kriminaler-Manier warf Hegele zunächst einen neugierigen Blick in den Aufenthaltsraum. Aus Höflichkeit antwortete er dann auf ihre Frage: „Griaß Gott, i hab nur woll'n schaun, wo's alle hia send." Dann zwängte er sich an ihr vorbei in den Raum. In einer Ecke stand ein altbackener LCD-Fernseher – davor die Rentnerschaft der Marktgemeinde, umrahmt von ein paar Warnwestenträgern. Auf dem Bildschirm lief eine RTL-Sondernachrichtensendung: Oberhalb eines Laufbands mit 'Breaking News' und Börsenkursen liefen Bilder von Einsatzfahrzeugen der Polizei und der Rettungsdienste. Im Hintergrund war kurz ein gelber Hubschrauber zu sehen. Vor einem Band mit der Aufschrift 'Police line – do not cross' stand eine Reporterin mit blondiertem, dauergewelltem Haar und übertrieben enger Jeans, die Hegele an seine Lieblingspresswurst aus der Haldenwanger Metzgerei Wühler erinnerte.

Die Berichterstatterin sprach mit stark lispelnder Stimmer in ein mit dem Logo des Fernsehsenders versehenes Mikrofon. Gebetsmühlenartig wiederholte sie immer und immer wieder, dass wohl Menschen grausam zu Tode gekommen seien, dass die Behörden noch gar nichts sagen könnten, obwohl sie und ihre Redaktion glaubten, dass es sich um einen brutalen Selbstmordanschlag einer international agierenden Terrororganisation handele, und dass die Pressekonferenz für zwei Uhr Ortszeit angesetzt sei.

Im Hintergrund der Fernsehbilder erkannte Hegele ein Ortsschild: Auf diesem stand in fetten Lettern 'Freihalden' und darunter etwas kleiner 'Markt Jettingen-Scheppach'!

Twitter

Mittwoch, nachmittags. Gegen zwei Uhr war Hegele wieder zu Hause. Auch die Rückfahrt hatte etwas länger gedauert: Am Scheppacher Autobahnkreisel bei der Eisenbahnbrücke hatte er kurz angehalten, weil ihm dort etwas ungewohnt vorgekommen war. Erst nach einigem Grübeln hatte er bemerkt, dass der ehemals grüne, von einem einheimischen Künstler entworfene und einige Meter hohe Grashalm im Zentrum des Kreisels jetzt grau lackiert war – mit weißen, gestrichelten Linien in der Mitte, was ihn wie eine gewundene, in den Himmel führende Straße aussehen ließ. In der Tat war Hegele seit seiner Pensionierung fast nicht mehr auf der südlichen Seite der Autobahn gewesen. Auf der Rasenfläche der Mittelinsel des Kreisverkehrs war ein nicht zu übersehendes, aus hochwertigem Stahl gefertigtes Schild aufgestellt, das den Autofahrer darüber informierte, dass der Grashalm nun von der Firma 'Pao-Mobility' gesponsert worden war.

Nachdem Hegele seine Frau begrüßt hatte, ging er gemächlich ins Wohnzimmer, stellte sein Radio auf den Nachrichtensender Bayern 5 ein und erklomm die Kanapee-Nordwand. Es lief gerade eine Pressekonferenz der Polizei Burgau. Sofort erkannte er seinen aus Kempten herbeigeeilten ehemaligen Chef, der in höchster Sprachfertigkeit den Reportern Rede und Antwort stand. Hegele drehte das Radio etwas lauter. Offenbar hatte er den Anfang der Konferenz bereits verpasst, denn die Q&A, die Question and Answers Session mit den Fragen der Zuhörer, war bereits in vollem Gange.

Ob die Identität der Verletzten schon geklärt sei, wollte eine Stimme wissen.

„Bei den beiden toten Erwachsenen handelt es sich um Bürger der Marktgemeinde Jettingen-Scheppach. Die sieben leicht verletzten Kinder stammen aus Jettinger Familien mit Migrationshintergrund", antwortete der Leiter der Polizei.

Was das Motiv der Tat sei und ob die Behörden noch im Dunkeln tappten, fragte eine etwas undeutlich zu vernehmende, weil weit von den Mikrofonen entfernte Person.

„Unsere Experten haben bereits weitreichende, ubiquitäre Arbeitshypothesen entwickelt. Daraufhin sind gleich zwei unserer Profiler aus München eingeschaltet worden, um ein phänotypisches Täterprofil zu erstellen. Wir sind der Person dicht auf den Fersen und absolut zuversichtlich, den Täter zeitnah zu fassen."

Im Hintergrund war jetzt das Grummeln der Teilnehmer zu hören. Der Leiter der Pressekonferenz forderte zu einer allerletzten Frage auf. Die kam umgehend: Ob der Leiter der Polizei bereits den Namen und das Motiv des Täters nennen könne.

„Aus ermittlungstaktischen Gründen kann ich dazu im jetzigen Moment keine Angaben machen", war die Antwort von Hegeles ehemaligem Chef.

Dann war ein Stühlerücken zu vernehmen. Die Konferenz war zu Ende. Hans Hegele war sofort klar, dass die Ermittler noch vollkommen im Dunkeln tappten. Sein eloquenter Ex-Boss hatte das unter Verwendung von Fremdwörtern und hochtrabenden Floskeln geschickt verschleiert.

Ein Radiokommentator des Bayerischen Rundfunks fasste die Geschehnisse des Tages nun noch einmal zusammen: Genau am Mittag war ein weißer Kleintransporter unbekannter Marke aus Jettingen kommend in der Kurve am Ortseingang von Freihalden in eine Gruppe von Personen gerast. Diese war gerade auf dem Rückweg vom Besuch des Arboretums auf der auf die Staatsstraße führenden Nebenstraße unterwegs. Bei den sieben Leichtverletzten handelte es sich um Kinder aus einer Gruppe von Jettinger Asylsuchenden. Die beiden getöteten Erwachsenen waren freiwillige Integrationshelfer, die an der Spitze des Pulks gelaufen waren. Aufgrund der Spurenlage handelte es sich mutmaßlich um eine vorsätzliche Tat. Der Verursacher war geflüchtet. Neben den lokalen Einsatzkräften und Notärzten aus Dinkelscherben, Thannhausen und Burgau war auch ein Hubschrauber des Klinikums Ulm vor Ort. In der Folge des Einsatzes kam es zu einem weiteren Zwischenfall, bei dem am Verkehrskreisel 'Ziegeläcker' in Jettingen ein Rettungsfahrzeug der Freiwilligen Feuerwehr Scheppach mit einem Begleitfahrzeug der Freiwilligen Feuerwehr Jettingen zusammenstieß.

Dann folgten weitere wichtige Nachrichten des Tages. Unter anderem, dass an diesem Tag, pünktlich um zwölf Uhr die Amerikaner zum Test ihre SA – Selective Availability – für eine halbe Stunde auf das Signal der GPS-Satelliten zugeschaltet hatten, was zu einem Chaos in den Softwares aller zivilen Navigationssysteme der Welt geführt hatte.

Nun schaltete sich die Wissenschaftsredaktion des Rundfunks mit einem Spezialbeitrag dazwischen. Der Sprecher erklärte, dass das Global Positioning System von den Amerikanern installiert und bis ins Jahr 2000 mit einer künstlichen Verschlechterung – Selective Availability – versehen war, die statt einer Genauigkeit von wenigen Metern absichtlich zu etwa 100 Metern zusätzlicher Ungenauigkeit führte. Grund dieses absichtlichen „Rauschens" sei zuvor die Angst vor GPS-gesteuerten Waffen gewesen. Dann ging der Berichterstatter auf die technische Funktionsweise der Satellitenortung ein: Die Nutzung der L1-Frequenz, die Ortsbestimmung über mehrere NAVSTAR-Erdtrabanten unter besonderer Berücksichtigung der Zeitdilatation entsprechend der Einsteinschen Relativitätstheorie, das europäische Konkurrenzprodukt 'Galileo'. Und schließlich, dass der Inventor der Idee der Satellitenortung kurz nach dem Krieg wegen 'wahnhaften Erfindens' in eine Nervenheilanstalt eingewiesen worden war und dort bis zu seinem Tod vor ein paar Jahren verblieb.

Hegele stand auf, ging zum Radio und schaltete es aus. Er hatte genug gehört. Leise grummelte er vor sich hin: „Herr, bewahre mich davor zu wissen, was ich nicht wissen muss, und bewahre mich davor, zu wissen, dass es Wissenswertes gibt, von dem ich nichts mehr wissen muss!" Der Pensionär wusste nicht mehr, wo er diesen Aphorismus aufgeschnappt hatte. In seinem fortgeschrittenen Alter fand er ihn mehr und mehr zutreffend. Seine Gedanken schweiften jetzt um seine Haltung zu all dem Neuen, das überall um ihn herum erwuchs. In den hintersten Windungen seines Hirns hallte dieser Spruch wider, von dem er ebenfalls nicht wusste, wann und wo er ihm begegnet war: „Alle Technik, die vor unserer Geburt existierte, nehmen wir als gegeben hin. Alles, was zwischen unserem fünfzehnten und fünfunddreißigsten Lebensjahr entsteht, finden wir spannend. Alles, was danach kommt, ist aus unserer Sicht gegen die Natur der Dinge." Es war jetzt 15 Uhr. Hegele fühlte sich müde.

Zum Glück kam seine Frau nun ins Wohnzimmer und verhinderte damit die schläfrig-bedrückende Stille, die sich gerade einzustellen drohte. Sie stellte zwei Tassen wohlriechenden Kaffee auf den nierenförmigen, gläsernen Fernsehtisch, setzte sich auf das Sofa und gab ihrem Mann ein Zeichen, sich auch zu ihr zu setzen. Dann nahm sie ihr Smartphone aus einer grünen Filzhülle, wischte ein paar Mal auf dem Bildschirm herum und legte es dann vor ihm auf den Tisch: „Lies' mal!"

Der Ex-Kommissar setzte sich zu ihr und las, was der Präsident eines auf dem amerikanischen Kontinent ansässigen Staatenbunds da zum Frühstück auf Twitter ausgespuckt hatte:

> „Terrorists attack! Again! Have U heard what happened in Freyhaldon? Freyhaldon! My heart with all people from Austria. Should send em all to G'namo!"

Offenbar hatte die Nachricht eines terroristischen Anschlags bereits ihren Weg über den Ozean gefunden. Dabei hatte das Staatsoberhaupt ausgelassen, ob er meinte, dass alle Freihaldener, alle Österreicher oder alle Terroristen nach Guantánamo geschickt werden sollten. Immerhin schien er zu wissen, dass Freihalden als Teil der Markgrafschaft Burgau einst zu Vorderösterreich gehört hatte – zumindest bis 1805, dem Jahr des Friedens von Preßburg zwischen Napoléon Bonaparte und Franz I., Kaiser von Österreich.

Oder wusste dieser Präsident das vielleicht doch nicht? Wenigstens hatte er statt 'Austria' nicht 'Australia' geschrieben. Das konnte Hegele zumindest die Angst nehmen, dass im Fall eines Konflikts zwischen dem amerikanischen Staatenbund und dem fünften Kontinent ganz Freihalden durch eine aus Rammstein kommende Drohne in Rauch und Asche aufgehen könnte.

Hans Hegele bekam jetzt plötzlich Heißhunger auf etwas, was er seit einiger Zeit schon nicht mehr gegessen hatte und dem er – wenn auch in etwas anderer Form – am heutigen Tag schon begegnet war. Er stand auf, griff sich Jacke und Autoschlüssel und machte sich auf nach Haldenwang. Beim Einsteigen in seinen Kleinwagen erinnerte er sich an den Spruch, den er während seiner Reha aufgeschnappt hatte und der ihn von da an stets und unbewusst begleitete: „Mir isch wurscht, wie dick's Brot isch, solang' die Wurscht so dick wie's Brot isch."

Presswurst

Mittwoch, abends. Hauptkommissar a.D. Hegele und seine Frau saßen beim Abendbrot. Während er beim Essen die auf dem Tisch liegende Günzburger Zeitung in Rentnermanier schon das zweite Mal an diesem Tag durchstöberte, wischte sie pausenlos über ihr Mobiltelefon, konzentriert auf der Internetsuche nach irgendetwas. Alles lief darauf hinaus, dass die beiden wieder einen harmonischen Abend verbringen und das Ganze mit Aktenzeichen XY vor der Glotze ausklingen lassen würden.

„Probier' mal die Presswurst! Da hab' ich heute Nachmittag einen Heißhunger drauf bekommen und sie noch schnell geholt. Das Fleisch in der Wurst ist vom alten Metzger Wühler", forderte der Ex-Polizist seine Frau auf.

Immer noch auf ihr Smartphone fixiert und in Gedanken in ihre Internet-Bestellung versunken, antwortete Hegeles Gattin wie in Trance: „Vom alten Metzger Wühler? Kann doch nicht sein, den habe ich gestern doch noch laufen sehen!"

Hans Hegele mochte sich daraufhin ein lautes Lachen nicht verkneifen. Seine Frau schreckte von ihrem Telefon auf, konnte aber den Grund seiner Heiterkeit nicht erkennen: „Was ist denn? Hast Du 'was Witziges in der Zeitung gelesen?"

Die sich jetzt anbahnende Unterhaltung wurde abrupt durch ein Klingeln an der Haustür unterbrochen. Wer konnte das denn jetzt noch sein?

Frau Hegele stand auf und schaute durch das Küchenfenster auf die Straße: „Deine Ex-Kollegen! Was wollen denn die um diese Uhrzeit noch von Dir?" Vor dem altbackenen Jägerzaun war halb auf dem Bürgersteig ein silber-blaues Fahrzeug mit abgeschalteter, blauer Rundumkennleuchte und der Aufschrift 'Polizei' abgestellt. Es klingelte ein zweites Mal.

Die Dame des Hauses ging zur Tür und öffnete sie, begrüßte den uniformierten Gast etwas zurückhaltend und führte ihn dann zu ihrem Mann an den Esstisch. Es war sein früherer Kollege aus Burgauer Zeiten: Mehmet Akbulut.

„Guten Abend!", startete der Polizist.

„Setz' di nah!", entgegnete ihm der Ex-Polizist: „Magsch was trinka?"

Es war das erste Mal seit Jahren, dass sich die beiden wiedersahen. Damals war die Burgauer kriminalpolizeiliche Vertretung – bestehend aus genau diesen beiden – aufgelöst worden. Akbulut war nach Krumbach versetzt worden, Hegele ins ferne Memmingen. Diese zwei, die zuvor so eng zusammengearbeitet hatten und gemeinsam im Mindeltal so manchen Fall aufklären konnten, hatten sich von einem Tag auf den anderen aus den Augen verloren.

Noch im Hinsetzen brach es aus Akbulut heraus: „Hans, Du musst mir helfen! Die sind alle verrückt geworden..." Das klang nicht nur verzweifelt, sondern vor allem zutiefst erschüttert.

„Hans, die wollen, dass ich nur in Richtung Terrorismus ermittle. Weil angeblich alle Indizien dafür sprechen. Dabei habe ich noch gar nichts, absolut nichts!"

Mit *die* musste der Chef aus Kempten gemeint sein – der aus der Pressekonferenz. Dieser hatte also Akbulut die Arschkarte gegeben, die Ermittlungen in dem Fall zu führen. Bei einem Erfolg wäre es klar, wer die Lorbeeren einstreichen dürfte. Bei gegenteiligem Ausgang der Angelegenheit würde natürlich Hegeles ehemaliger Kollege seinen Kopf hinhalten müssen.

Landkriegsordnung

Mittwoch, spätabends. Hegeles Frau hatte sich ins Wohnzimmer verzogen. Trotz der vielen Jahren Ehe mit einem Kriminalpolizisten wollte sie die Sendung Aktenzeichen XY nicht missen. Die beiden Männer unterhielten sich weiter am Esstisch in der Küche. Es gab viel zu erzählen.

Zunächst einmal wollte Mehmet Akbulut wissen, wie es dem ehemaligen Kollegen nach der Verlegung seines Dienstorts nach Memmingen denn so ergangen war. Darüber war Hans Hegele zuerst ein bisschen sauer. All die Jahre hatte Akbulut nie etwas von sich hören lassen – nie hatte er sich für ihn interessiert, kein einziges Mal angerufen oder auch nur zu Weihnachten eine E-Mail geschickt. Aber es war ihm ebenfalls klar, dass er selbst sich auch nie bei seinem Ex-Kameraden gemeldet hatte. Kein einziger Anruf, keine Postkarte zum Ramazan Bayramı, dem Ramadan-Fest. Somit kein Grund zu schmollen. Im Prinzip waren sie also quitt und konnten einen Neuanfang wagen, so als ob die letzten Jahre nicht gewesen wären.

Hegele hätte sich gefreut, wenn nur die letzten Jahre nicht gewesen wären. Er erzählte jetzt von seiner phänomenalen Karriere, die er während seiner Zeit in Memmingen hingelegt hatte. Anfangs lief es noch gut: Aufklärung eines Mordfalls, bei dem ein Mann die Leiche seiner Frau am Memmingerberg unter einer acht Meter dicken Kiesschicht verbuddelt hatte. Dann Vereitelung einer geplanten Einbruchsserie auf ein Testgelände für Autonomes Fahren und in das Bürogebäude einer auf dem Flughafenareal ansässigen Automobilfirma. Schließlich ständige Unterstützung der unterbesetzten Polizei in Memmingerberg, was laut seinem Chef in Kempten wirklich nur für ganz kurze Zeit hatte sein sollen. Von da an war er meist in einem dunkelgrauen Kastenwagen einer norddeutschen Automobilmarke unterwegs, um mit einem Radargerät auf den Straßen der Großräume Mindelheim und Memmingen die Einhaltung der Geschwindigkeitsbeschränkung zu überwachen: Der Traumjob für einen ausgebildeten Kriminalisten, der jeden Tag drei Stunden seiner Lebenszeit mit der Fahrt zu und von der Arbeit verbrachte. Mehrere Versetzungsgesuche wurden abgelehnt mit der Begründung, dass der Job schon wieder interessanter und vielseitiger werden würde und die dortige Polizei im Moment nicht auf seine stets hervorragenden Dienste verzichten könne.

Mehmet Akbulut fragte dazwischen: „Bei uns auf der Dienststelle in Krumbach hat man erzählt, dass Du angeschossen wurdest. Was ist da passiert?"

Nichts dergleichen war passiert. Außer eben, dass er mit einer Praktikantin – und die natürlich in einem Uniform-ähnlichen Look – geschickt worden war, um einem säumigen Verkehrssünder dessen Ticket persönlich zuzustellen. Niemand hatte ihm gesagt, dass jener Mann, ein Fünfundfünfzigjähriger aus Egg an der Günz, ein weit über den Landkreis hinaus bekannter 'Reichsbürger' war – nicht bereit, für seine Übertretung der Höchstgeschwindigkeit auch nur einen Cent an Bußgeld an einen Staat zu zahlen, der kein legitimer Nachfolger des noch bestehenden Deutschen Reichs nach Weimarer Reichsverfassung ist.

Beim Erscheinen des Polizisten mit seiner uniformierten Begleiterin hatte sich der Mann durch die geschlossene Haustür hindurch auf die Haager Landkriegsordnung berufen und für die völkerrechtlich verbotene Plünderung der Zivilbevölkerung – damit meinte er vor allem sich selbst – die Todesstrafe angedroht.

Das Klingeln des Beamten war anschließend mit einem Schuss aus dem Inneren des Hauses beantwortet worden. Daraufhin hatte sich Hegele schützend auf seine Kollegin gestürzt und sie zu Boden gerissen. Dass der Knall aus einer Schreckschusspistole gekommen war, hatten die beiden nicht wissen können. Die gerufene Verstärkung war schnell da.

„Und als sie mich dann pro forma ins Krankenhaus gefahren haben, hat man dort durch Zufall festgestellt, dass ich dabei war, eine Lungenembolie zu entwickeln – ein Blutklumpen hatte sich gebildet und meine Lungenarterie zugesetzt," fügte Hegele hinzu. „Die Ärzte meinten, dass die auslösende Beinthrombose wohl vom dauerhaften Sitzen im Radarwagen kam."

Von den beiden unbemerkt hatte sich inzwischen Hegeles Frau in die Küche geschlichen und war dabei, im Kühlschrank nach etwas Essbarem zu suchen. Als sie kurz darauf mit einem Joghurt in der Hand an ihnen vorbei zurück in Richtung Wohnzimmer lief, kommentierte sie nur: „S'Töpfle haben sie ihm schon wollen bringen."

Mehmet Akbulut schaute verdutzt. Er verstand nicht. Hegele musste den zynischen Kommentar seiner Gattin aufklären: „Da ich katholisch bin, hatte man schon den Pfarrer geholt. Der kommt in solchen Fällen wie bei mir mit einer kleinen Dose voll Salböl."

Akbulut kannte den Ritus nicht. Dennoch verstand er, was gemeint war.

Hegele fuhr fort: „Man hat dann meine Tochter angerufen, dass sie sofort kommen sollte. Die hat damals schon in den USA studiert und sich natürlich sofort ins Flugzeug gesetzt. Als ich dann überraschenderweise aus der Intensivstation entlassen wurde, hieß es nur aus der Verwandtschaft, dass das arme Mädchen den langen Flug nun ganz umsonst hatte auf sich nehmen müssen. Die waren fast ein bisschen enttäuscht über den Ausgang der Angelegenheit."

Sein Ex-Kollege starrte ihn verdutzt an. Von dieser ganzen Krankengeschichte hatte er nie etwas mitbekommen. Auf dem Polizeirevier gab es nur Gerüchte über einen Schusswechsel. Hans Hegele erkannte die Schockiertheit seines Gesprächspartners und entschied, den Monolog an dieser Stelle abzubrechen: „Den Rest kannst Du Dir denken: Reha in Ichenhausen, noch ein paar Wochen gearbeitet, dann zwei Stents durch die Leiste. Jetzt bin ich Pensionär – genauer: Frühpensionär. Und auch meinem Ende wohnt ein Zauber inne. Denn jetzt habt Ihr die Uhren, und ich habe die Zeit."

Er grinste und ergänzte: „Wenn man es genau nimmt, dann bin ich vermutlich der einzige Polizist in Deutschland, dem je ein militanter Reichsbürger das Leben gerettet hat."

Mehmet Akbulut wusste immer noch nichts zu sagen. In Gedanken versunken griff er nach dem erkalteten Tee, der seit einer Dreiviertelstunde unberührt vor ihm stand. Er nippte daran und stellte ihn sofort wieder ab.

Hegeles Frau kam nochmal in die Küche, stellte ihren leeren Joghurtbecher in die Spüle und steckte den Löffel in den Besteckkorb der Spülmaschine. Beim Zurücklaufen fluchte sie: „Die tun wieder so, als ob sie telefonieren würden!" Die Polizistenbraut hasste an Aktenzeichen XY, dass die Telefonisten an den Pulten im Hintergrund immer genau dann die Hörer in die Hand nahmen und zu sprechen anfingen, wenn sich die Kameras zu ihnen hin drehten – so als ob alle potenziellen Informanten und Zeugen nur auf just den Moment dieser Kameradrehung gewartet hätten, um den grünen Wählknopf an ihrem vorbereiteten Telefon zu drücken.

Ex-Kommissar Hegele ergriff jetzt wieder die Initiative: „Mehmet, Du hast gesagt, dass Du meine Hilfe brauchst. Womit kann ich Dir dienen?"

XY ungelöst

Mittwoch, nachts. Kriminalkommissar Mehmet Akbulut schilderte nun aus seiner Sicht, wie sich die Dinge am Ortseingang von Freihalden abgespielt hatten. Das deckte sich mit der Berichterstattung des Bayerischen Rundfunks – abgesehen von einem winzigen Detail:

„Nein, niemand hat ausgesagt, dass es sich bei dem Fahrzeug um einen weißen Transporter handelte!", bemerkte Akbulut sichtlich ergriffen: „Unmittelbare Zeugen waren nur die geschockten Flüchtlingskinder. Die wenigsten von denen konnten Deutsch. Und dann auch nur gebrochen. Die Rede war von einem großen, weißen Auto. Das hätte auch ein Bus sein können oder eine große Limousine."

„Oder ein SUV!", dachte der Ex-Kommissar laut.

„Ja, oder ein Geländewagen, so ein SUV", stimmte ihm der Noch-Kommissar zu und ergänzte: „Aber so ein weißer Transporter passt den Profilern besser in ihr Bild. Da spucken ihre Big-Data-Computer sofort eine Korrelation mit den Attentaten islamistischer Extremisten in anderen Städten aus. Und wo eine Korrelation ist, da ist auch Wahrheit – das ist doch die Maxime, deren Beachtung in vielen Kriminalfällen zur Ermittlung der Täter führt. Aber was ist mit dem Motiv? Warum gerade hier in der schwäbischen Diaspora, in der tiefsten Provinz? Warum wurde genau diese Personengruppe zu den Opfern?"

Akbulut machte eine Pause. Doch Hegeles Reaktion auf die Fragen blieb aus. Also setzte er noch einmal an. Sein vorheriger aufgebrachter Tonfall wandelte sich urplötzlich in einen ruhigen, überlegt klingenden Stil:

„Lass es uns einmal aus einem anderen Blickwinkel betrachten: Wer sind die Opfer oder wer sollten die Opfer sein? Das waren Asylsuchende. Und dazu noch solche Deutsche, die Flüchtlingen helfen und versuchen, sie in unsere Gesellschaft zu integrieren. In diesem Fall haben alle ein Motiv, die von Ausländerfeindlichkeit oder Angst vor Fremden geprägt sind. Ich gebe zu: Nicht alle würden töten. Und nicht alle fahren weiße Transporter. Aber ist das nicht Grund genug, auch in andere Richtungen zu ermitteln? Ich habe meine Bedenken gegenüber den Profilern – mein Chef betitelt sie immer nur mit 'Experten' – geäußert. Aber die wollten nichts davon wissen. Ich solle das Erstellen eines Täterprofils getrost ihnen überlassen und stattdessen der mir übertragenen Aufgabe nachgehen, endlich den weißen Transporter ausfindig zu machen. Die Annahme eines rechtsradikalen Hintergrunds für die Tat entspränge möglicherweise meinem biographischen Hintergrund – eine klare Anspielung unter der Gürtellinie auf meine Herkunft und die Migration meiner Eltern."

Jetzt meldete sich Hegele zu Wort: „Und warum immer so dichotomisch denken: Entweder rechtsradikaler Ausländerfeind oder islamistischer Terrorist? Vielleicht war es auch nur ein Unglück?" Er fügte hinzu: „Du kannst es nicht wissen, denn es war vor Deiner Zeit: Vor vielen Jahren – es war Donnerstag, der 9. März 2006, ich weiß es noch wie heute, weil auch ich im Einsatz war – da geschah in Jettingen ein schlimmer Unfall: Ein Paketdienstfahrer hatte einen Herzinfakt erlitten und war auf der Weberstraße mit seinem schwarzen Transporter ungebremst in einen gerade zwischen Martinskirche und Friedhof laufenden Trauerzug gerast. Drei Teilnehmer und der sechzigjährige Fahrer starben, es gab viele Schwerverletzte. Dem damaligen Bürgermeister ist das Auto über den Fuß gerollt... Oberhalb des Vereinsheims der Mindeltaler Trachtler hat die Gemeinde einen Gedenkstein aufgestellt."

Akbulut fiel ihm ins Wort: „Ein solcher Unfall wurde auch in Betracht gezogen, aber gleich wieder verworfen. Die Spurenlage spricht dagegen. Anhand des Reifenabriebs am

Tatort konnten wir sehen, dass der Fahrer erst eine abrupte Lenkbewegung nach rechts und dann – kurz bevor er die Passanten mit der Frontpartie traf – nach links gemacht haben muss. Wir können dadurch ausschließen, dass der Täter unaufmerksam oder gar körperlich eingeschränkt war. Mit anderen Worten: Es war definitiv auch keiner der heutzutage typischen Unfälle, bei denen die Fahrer statt auf die Straße auf ihre Smartphones gaffen und dabei andere Menschen über den Haufen fahren. Eine solche Lenkbewegung muss mit großer Kraft durchgeführt worden sein. Falls andererseits ein technischer Defekt der Auslöser gewesen wäre, zum Beispiel an der Lenkung oder den Rädern, dann wäre das Fahrzeug an der dahinter befindlichen Mauer gelandet und wir müssten den Verursacher nicht mehr suchen. Der aus den Reifenspuren abschätzbare Radstand und die Spurbreite passen übrigens zu einem großen Fahrzeug, wie etwa bei einem Transporter."

„Oder wie bei einem SUV!", fügte Hans Hegele hinzu.

Akbulut nahm noch einmal die volle Teetasse vor ihm und führte sie zur Nase. Ein olfaktorischer Schock durchzog seinen Riechkolben. Er stellte die Tasse sofort wieder ab. „Hans, es ist spät. Ich muss gehen. Kannst Du mir den Gefallen tun und Augen und Ohren offen halten?"

Hegele nickte. Das hätte sein Ex-Kollege nicht erbitten müssen. Er hatte verstanden, dass Akbulut weder die Gelegenheit noch die Möglichkeit hatte, in die anderen, genauso plausiblen Richtungen zu ermitteln. Das musste also Pensionär und Hauptkommissar a.D. Hegele in geheimer Mission übernehmen.

Nachdem er Akbulut zur Tür gebracht und verabschiedet hatte, ging er ins Wohnzimmer und setzte sich wortlos neben seine Gattin aufs Sofa. Aktenzeichen XY war längst aus. Im Nachtjournal lief ein Bericht über die Ereignisse in Freihalden. Frau Hegele meinte zu ihrem Mann: „Du hättest ihm auch was G'scheits zum Trinken anbieten können!"

Darth Vader

Donnerstag, frühmorgens. Er hatte die ganze Nacht nicht geschlafen. Ob das dem übermäßigen Genuss an Presswurst zu verdanken war oder Hegeles wiedererwachtem polizeilichen Jagdinstinkt, war nicht zu sagen. Während seine Frau im Schlaf noch tief und gleichmäßig atmete, stand der ehemalige Kriminalkommissar leise auf. Er machte sich fertig. Ohne zu frühstücken, stahl er sich aus dem Haus, bestieg seine silberne Korea-Rennsemmel und fuhr das Mindeltal hinauf in Richtung Marktgemeinde Jettingen-Scheppach.

Auf Höhe des Kreisels hinter der Autobahnüberfahrt fiel ihm beim Anblick des grauen Riesen-Grashalms der Spruch ein, den er damals immer seinen jüngeren Mitarbeitern ans Herz gelegt hatte: 'Das Gras wächst nicht schneller, wenn man daran zieht'. Dennoch hatte er sich vorgenommen, genau das zu versuchen: Sein allumfänglicher Masterplan war, an einigen der Mannequin-Fäden zu ziehen und zu beobachten, ob sich daraufhin an anderer Stelle etwas bewegte. Während seines Berufslebens hatte ihn ein solches Vorgehen seinerseits des Öfteren – aber bei weitem nicht immer – zu entscheidenden Hinweisen geführt.

Zuerst aber fuhr Hegele nach Freihalden. Er musste den Tatort inspizieren und sich sein eigenes Bild von dem machen, was da geschehen sein könnte. Sein Weg führte ihn durch die betongraue Skyline des Mega-Gewerbegebiets im Mindeltal und schließlich hoch in Richtung Freihalden auf die ehemaligen Äcker 'auf der Ebene'. Dorthin hatte der JSZ-Bürgermeister einen ehedem in Ichenhausen ansässigen, internationalen Hersteller von Eisenbahn-Anhängern und eine renommierte Stauden-Molkerei gelockt – mit dem

Versprechen auf Gewerbesteuer-Hebesätze zum Ramschta-
rif, billigen Baugrund und eine vollständig von der Gemeinde bereitgestellte, erstklassige Infrastruktur.

Selbst Professor Buchner von der IHK Günzburg hatte davor gewarnt, dass es einem nachhaltigen wirtschaft-
lichen Wachstum der Region langfristig schaden könnte,
wenn sich die umliegenden Gemeinden gegeneinander aus-
spielten – doch ohne nennenswerten Erfolg: Jeder blieb sich
selbst der Nächste, den Heuschrecken wurden die Schleusen
geöffnet. Seit dem betriebswirtschaftlich sicherlich lukrati-
ven und deshalb sinnvollen Cross-Move der Gewerbebetrie-
be hinein in die Mindeltalgemeinde wurde der Schönenber-
ger Fastnachtswagen nicht mehr zum Ichenhausener Rosen-
montagszug eingeladen. In den Revierderbys zwischen SV
Scheppach und den Kickers Ettenbeuren floss regelmäßig
Blut. Der Dinkelscherbener Räum- und Streudienst schob
den Schnee nur noch bis zum Ortsausgangsschild von Gabelbachergreuth und nicht wie früher bis an die Landkreis-
grenze – die letzten fünfhundert Meter blieben ungeräumt
und damit eine im Winter oft unüberwindbare Barriere.

Der dafür eingerichtete Autobahnzubringer hatte zwischen Burgau und Zusmarshausen eine eigene Anschlussstelle erhalten mit Namen '69b Freihalden/Ried'. Neben der
Ausfahrt '30 Einöd (Saar)' war das diejenige Abfahrt an der
A8, die bei den Autofahrern das größte Erstaunen hervor-
rief. Die neue Straße führte durch den ehemaligen Scheppacher Forst an der Wallfahrtskirche Allerheiligen vorbei und
querte die ICE-Strecke über eine eigens errichtete Brücke.
Dieses Bauwerk und der Fahrweg waren von der Firma
'Pao-Infrastructure' durch ein Betreibersystem fremdfinan-
ziert. Dieser fast ausschließlich vom Lieferverkehr genutzte
Zubringer sollte den Einwohnern der Marktgemeinde noch
bis in ferne Zukunft in Erinnerung bleiben – selbst wenn
sie das zu diesem Zeitpunkt noch nicht ahnten. Die mit
dem Betreiber vereinbarten monatlichen Zahlungen waren
nur bis zum Ende der angepeilten zweiten Amtsperiode

des JSZ-Bürgermeisters festgeschrieben und sollten dann marktgerecht neu verhandelt werden.

Kurz hinter dem Ortseingangsschild von Freihalden hielt Hegele sein Auto an. An der Ecke, wo die Oberfeldstraße von rechts in die Kreuzung zwischen oberer und unterer Dorfstraße einmündete, lag ein riesiger Berg an Blumensträußen, zusammen mit brennenden Grablichtern und Plakaten aus einfachen Kartons. Einige trugen Aufschriften wie 'Warum?', 'Freihalden gegen den internationalen Terrorismus' oder 'Peace!' – letztere in bunten Regenbogenfarben. Die angrenzende Wiese war von den Spuren der Einsatzfahrzeuge durchzogen und nahezu umgepflügt. An einem Stacheldrahtzaun flatterte eine einsame, goldene Rettungsdecke.

Der Ex-Kommissar bückte sich und folgte den auf der Straße mit Crime-Scene-Farbe angezeichneten, mutmaßlichen Spuren des Fahrzeugs. In der Tat war der Weg, den dieses Auto genommen hatte, sehr ungewöhnlich. Zunächst scharf rechts, als ob es in die Oberfeldstraße einbiegen wollte. Dann wieder scharf links in Richtung Untere Dorfstraße. Ein gewöhnlicher Fahrer mit plötzlichem Unwohlsein oder Smartphone in der Hand hätte nicht die Kraft aufbringen können, so am Lenkrad zu reißen. Da musste ein Profi am Werk gewesen sein. Auch weil das Fahrzeug nach dem zweiten harten Schlenker nicht sofort ausgebrochen und im Schaufenster eines angrenzenden Sportartikelgeschäfts gelandet war.

Hans Hegele blieb in der Hocke und dachte nach. Es war mysteriös. Alles sah nach einem Unfall aus. Aber die Indizien sprachen dennoch für ein vorsätzliches Ereignis und damit für einen Anschlag. Was war hier geschehen? Welches Geheimnis verbarg sich hinter dieser Spurenlage?

Hegele verspürte einen tiefen Schmerz im oberen Teil seines Rückens, knapp unterhalb des rechten Schulterblatts. Im nächsten Moment lag er bäuchlings auf der Straße und atmete den Staub des Freihaldener Asphalts ein. Er konnte

sich nicht rühren. Etwas riss jetzt seine Hände wenig zärt-
lich nach hinten. Er fühlte etwas Kaltes, das sich um seine
Handgelenke legte. Gleichzeitig bemerkte er, dass sich eine
Hand an seinem Schritt zu schaffen machte und dann langsam seinen Oberkörper hinauf wanderte. Der Ex-Kommissar
wurde nun unsanft hochgerissen. Er blickte in eine schwarze Maske unter einem schwarzen Helm. Darth Vader? Nein!
Hegele erkannte jetzt die weiße Aufschrift 'Polizei' auf der
schwarzen Kevlar-Weste über dem schwarzen Overall. Keine Panik – er war in sicheren Händen.

Ein anderer SEK-Beamter kam auf ihn zu und schrie ihn
harsch an: „Was machen Sie hier?"

„I hab nur wollen gucken", antwortete Hegele kleinlaut.

Der andere Polizist lockerte daraufhin den Griff.

Jetzt kam ein silber-blaues Polizeiauto angeschossen. Es
hielt direkt vor dem Ex-Kriminalkommissar. Sein Freund
Mehmet Akbulut sprang heraus: „Was machst Du hier?"

„I hab nur wollen gucken", antwortete Hegele ein zweites
Mal, diesmal nicht ganz so kleinlaut.

Nachdem Akbulut seinen Kollegen die Situation erklärt
hatte, nahmen diese Hegeles Handschellen wieder ab. Jeg-
liche Entschuldigung blieb aus.

Mehmet Akbulut klärte auf: „Hans, Du hättest es wissen
müssen! Noch nie Derrick oder Tatort gesehen? Ist doch
klar, dass wir den Ort weiter beobachten."

„Ja, der Täter kehrt immer wieder an den Tatort zurück",
bemerkte Hegele kleinlaut.

„Kein Problem! Du bist nicht der Erste. Diese Nacht hat
sich schon eine gutes Dutzend Rentner aus Jettingen und
Umgebung eingefunden, um nur mal zu gucken."

Nun legte Akbulut seine Hand auf Hegeles linke Schulter:
„Hans, es gibt Neuigkeiten! Da ist eine Videobotschaft im
Internet aufgetaucht: Der IS bekennt sich zu dem Terroranschlag. Die Experten vom Profiling-Team halten das Video
durchaus für echt."

Geschasst

Donnerstag, morgens. Es war ziemlich frisch so früh am Morgen. Hegele war deshalb mit Akbulut in dessen Streifenwagen gestiegen – so wie damals: er auf dem Beifahrersitz und sein ehemaliger Kollege hinter dem Steuer. Er wollte sich mit ihm über ein paar Gedanken unterhalten, die ihm während der schlaflosen Nacht gekommen waren. Auch seinem Ex-Kollegen war anzusehen, dass dessen Nacht ebenfalls nicht von Schlaf gesegnet war. In Akbuluts Augenringen spiegelte sich die drückende Erwartungshaltung des Deutschen Volkes wider, dem er einst geschworen hatte, seine Amtspflichten gewissenhaft zu erfüllen.

In diesem Moment begannen im Autoradio die Nachrichten. Mehmet Akbulut machte mit einem „Pssssst!" deutlich, dass er da aufmerksam zuhören wollte. Er drehte die Lautstärke auf. Hegele schwieg.

Nach einem Bericht über ein Thema aus der aktuellen Politik ging die Nachrichtensprecherin auf die Fortschritte der Polizei bei der Ergreifung der Attentäter von Freihalden ein. Was da berichtet wurde, war nichts, was Akbulut nicht schon wusste: Trotz des Bekennervideos im Internet gab es immer noch keine Ermittlungserfolge.

Nun meldete sich der bayerische Staatsminister des Inneren in einem aufgezeichneten Radio-Kurzinterview zu Wort: Zunächst versicherte er allen Bürgern des Freistaats, dass die Exekutivorgane alles täten, um deren Sicherheit zu gewährleisten. Aufgrund der derzeitigen Krise riet er aber, die eigenen Häuser möglichst nicht zu verlassen und speziell an Ortseinfahrten äußerste Vorsicht walten zu lassen. Im Moment werde vorbereitet, an besonders schützenswürdigen Stellen in Schwaben Betonbarrieren aufzustellen. Mehr könne er nicht preisgeben, da ein Teil der ihm vorliegenden Informationen die Bevölkerung zutiefst verunsichern könne.

Kommissar Akbulut bezog die Aussage des Politikers auf sich. Die dem Staatsminister vorliegende beunruhigende Information konnte eigentlich nur sein, dass der mit der Auffindung des weißen Transporters beauftragte Kommissar noch vollkommen im Dunkeln tappte. Zwar lief bereits die Schleierfahndung auf den Autobahnen, und die Verkehrsüberwachung hatte die neuronalen Erkennungsnetze in ihren Kameras auf weiße Transporter eingestellt. Aber bessere und zielführendere Ideen fehlten.

Jetzt kam ein Bericht zu irgendeinem Trainerwechsel in der Bundesliga. Mehmet Akbulut schaltete das Autoradio sofort aus. Er hatte genug gehört.

Hauptkommissar a.D. Hegele spürte, dass er seinen Ex-Kollegen wieder fokussieren und mit neuen Ideen aufmuntern musste: „Du, mir ist heute Nacht noch etwas durch den Kopf gegangen: Warum waren eigentlich die Reporterin und die Kameraleute so früh da – noch vor dem Hubschrauber und bevor in Jettingen die Sirenen losgingen?"

„Ja!", antwortete Akbulut: „Das war uns erst auch komisch vorgekommen. Doch wir haben das bereits ermittelt: Am gleichen Morgen war am Pao-Mobility Testzentrum eine Vorstellung für die Presse. Eine Präsentation des Firmenkonzepts für autonomes Fahren mit Demonstrationen von Versuchsfahrzeugen. Die ganze lokale Politikprominenz war anwesend. Gegen Viertel nach zwölf war das Fernsehteam auf dem Weg zurück nach München. Sie wollten bei Zus[2] auf die Autobahn – weil wohl auf der Umgehungsstraße und auch an der Anschlussstelle Freihalden/Ried so viel los war. Als sie nach Freihalden reinkamen, waren die Freiwillige Feuerwehr und ein Arzt aus Dinkel schon da. Mit dem Eintreffen der anderen Rettungskräfte waren sie dann gleich auf Sendung gegangen. Meiner Ansicht nach klingt das plausibel. Oder bist Du da anderer Meinung?"

---

[2] 'Zus' und 'Dinkel': Kurz für 'Zusmarshausen' und 'Dinkelscherben'.

Hans Hegele fand das Vorgehen der Fernsehfuzzies zwar pietätlos, aber in diesen modernen Zeiten auch nicht mehr grob außergewöhnlich. Die Bedürfnisse der Menschen wollten befriedigt werden – alles eine Sache von Angebot und Nachfrage. Vom Grundschüler bis zum Tattergreis hatte jeder sein eigenes Smartphone, um sich allenthalben und jederzeit von Neuigkeiten berieseln zu lassen. Ein riesiger Markt also. Die Zeiten des 'Internet of Things', 'Industrie 5.0', 'Evernet', 'Smart Home', 'Wearables' und 'Pervasive Computing' waren längst angebrochen. Warum sollte man da nicht erlauben, dass ein zum Nischen-Anbieter geschrumpfter Fernsehsender sein Klientel nach Strich und Faden mit Breaking News, Live Coverage, Blut & Blaulicht bediente? Auch wenn das nicht gerade Hegeles Ding war.

„Ja, ich bin derselben Meinung", bestätigte Hegele leise.

Akbuluts Smartphone piepste. Er nahm es aus der Innentasche seiner Polizei-Lederjacke, wischte mit dem rechten Zeigefinger zackig über den Bildschirm und schaute eine Weile starr auf das, was Twitter ihm gerade verkündet hatte. Dann gab er wortlos das Gerät seinem Beifahrer, legte beide Hände nebeneinander oben auf das Lenkrad des Dienstwagens, beugte sich nach vorne und stützte die Stirn auf die Handrücken.

Hegele schaute sich die Nachricht auf dem Display an. Sie war überschrieben mit 'Die Polizei informiert' und lautete:

```
„Wir haben Kommissar Akbulut die Ermittlungen
im Terrorfall Freihalden entzogen. Wir sind
zuversichtlich, dass der zu benennende Nach-
folger die Untersuchungen in eine zielführen-
dere Richtung leiten wird."
```

Dass nach der Rundfunk-Stellungnahme des Staatsministers Köpfe rollen würden, war glasklar. Dass es Akbuluts Kopf sein würde, war wahrscheinlich. Dass es so schnell geschehen und er davon über Twitter erfahren würde, damit hatte er nicht gerechnet.

Exploditter

Donnerstag, am frühen Vormittag. Der Gastraum war gerammelt voll. Dort, wo sich normalerweise nur eine Handvoll Freihaldener Senioren am Donnerstag zum Frühschoppen mit Schafkopf trafen, tummelten sich nahezu alle, die um diese Uhrzeit nicht arbeiten mussten oder in der Schule waren. Der 'Mittlara Wirt' hatte eine Leinwand aufgebaut, auf der abwechselnd das Liveprogramm von N24 und des Regionalsenders a.tv zu sehen war. Doch aus der Hoffnung des Wirts auf heiße Berichte zum Terroranschlag wurde nichts. N24 sendete irgendwelche Börsennachrichten und a.tv alte Drohnen-Luftbilder aus Schwaben – von schlechter Bildqualität und für einen Wucherpreis auch als Blue Ray DVD im a.tv-Shop erhältlich.

Hans Hegele saß in einem Eck und wurde von den Einheimischen misstrauisch beäugt. Vor ihm stand ein alkoholfreies Weizen, was ihn in den Augen der anderen Anwesenden noch suspekter machte. Einige von denen kannte er aus seinem früheren Berufsleben – als Zeugen oder als Kunden. Aber keiner von denen hatte ihn bis jetzt als Hauptkommissar a.D. Hegele identifiziert.

Natürlich war das Attentat und die aufgrund seines erratischen Vorgehens erfolgte Absetzung des 'Türken-Polizisten' das Hauptthema im Raum. Die Meinungen gingen weit auseinander, doch in einem Punkt waren sich alle einig: Dass der Freistaat jetzt mit aller Härte des Gesetzes durchgreifen und die Marktgemeinde wieder vom Joch des Islamischen Staats befreien müsse.

Speziell an seinem Tisch entwickelte sich das Gespräch mit der Zeit noch in eine andere Richtung: Einer der Mitbürger hatte herausgefunden, warum es in der Nachbargemeinde Grünenbaindt in diesem Jahr – entgegen jahrelanger Tradition – keinen geschmückten Osterbrunnen mehr gegeben hatte. Die dortige Kassenwärtin des Landfrauenbunds hatte ohne vorherige Absprache über Ebay eine Bestellung von zwanzigtausend bunten Plastikeiern zur Verzierung des Brunnens getätigt. In der Tat war der Stückpreis jedes einzelnen farbigen Eies damit einfach unschlagbar. Aber die anderen Landfrauen hatten sich – ob der gesprengten Vereinskasse – nicht damit einverstanden gezeigt, das Budget durch einen ihre Landwirtschaftsrente um ein Vielfaches übersteigenden, persönlichen Zuschuss aus den roten Zahlen zu bringen. Das war das Todesurteil für den 'Grennaboinda' Osterbrunnen und würde sich sicherlich zum Gespött in Scheppach und Co. entwickeln.

Danach kreisten die Gespräche wieder um ein anderes, unter der Freihaldener Bevölkerung beliebtes und buchstäblich umwerfendes Thema: Lothar 1999, Kyrill 2007 und Friederike 2018 waren nicht die unehelichen Kinder des Pfarrers eines Nachbarorts, sondern der ewige Gesprächsstoff in diesem, einst auf allen Seiten von Wald umgebenen Flecken. Um mehr über die Umstände des Terrorakts zu erfahren, musste Inkognito-Detektiv Hegele das Tischthema des Frühschoppens wieder auf den gestrigen Tag zurückbringen.

„Hatten die Orkane damals eigentlich auch Schaden im Arboretum angerichtet? Und wie oft kommt es eigentlich vor, dass Gruppen diesen Waldgarten besuchen?"

Die so eingeworfenen Fragen ließen zunächst die anderen am Tisch erstummen. Dann ergriff ein Rentner mit Bart, tiefer Stimme, rollendem 'r' und Haarschnitt wie der Pfarrer von Ars das Wort:

„Im Arboretum sind oft irgendwelche Schulklassen. Die laufen aus Jettingen da hin. Oder die Busse parken oben am Ortseingang. Auch in den Schulferien ist da Betrieb – da gibt es Ferienveranstaltungen und die gehen dann noch rüber zum Hubbi zu den Bienen."

Hegele musste verstehen, ob der Anschlag womöglich von langer Hand geplant war: „Und werden solche Besuche vorher angekündigt oder gar in der Zeitung veröffentlicht?"

Wieder antwortete der Bärtige mit tiefer Stimme und augsburgerisch angehauchtem Dialekt: „Iwo! Zur jetzigen Zeit gehen die da einfach hin, da braucht man nix ankündigen. Nur im Sommer steht das Ferienprogramm im Blättle."

Sein Tonfall wurde jetzt aggressiver: „Aber warum stellst Du solche Fragen? Warum interessiert Dich das? Wo kommst Du eigentlich her? Bist Du einer von denen?"

Dabei zeigte er mit dem ausgestreckten Zeigefinger in Richtung der Leinwand, auf der gerade eine albern-arrogante a.tv-Reporterin in der x-ten Wiederholung eines aufgezeichneten Interviews vor der Kulisse eines barocken Zwiebelkirchturms eine Hausfrau nach ihrer ganz persönlichen Einstellung zur Obergriesbacher Kleintierzüchterausstellung befragte.

Für Hans Hegele war es Zeit zu gehen. Er trank sein Glas aus und meinte nur: „Nein, ich bin ganz sicher keiner von denen!"

Dann stand er auf. Unaufgefordert erhoben sich gleichzeitig die links neben ihm auf der Bank sitzenden Gäste, damit er aus dem Eck herauskam. Dann ging Hegele zum Tresen, zahlte direkt beim Mittleren Wirt und verließ den Gastraum. Er hatte genug gehört, um zu verstehen, dass keine zeitliche Planung hinter diesem Anschlag stehen konnte. Der Ex-Kommissar war jetzt überzeugt: Die Gruppe von Flüchtlingskindern mit ihren beiden getöteten Betreuern war einfach nur zur falschen Zeit am falschen Ort. Hegele wurde ein bisschen mulmig zumute. Wenn er diesen Gedanken weiterspann, dann konnte er nur zu zwei möglichen Schlussfolgerungen kommen: Entweder waren da draußen noch Verrückte unterwegs, die ein weiteres Mal brutal und wahllos zuschlagen konnten – was die Bevölkerung in der Tat zutiefst verunsichern dürfte. Oder hinter der Sache steckte etwas ganz anderes. Ein rein rechtsextremistisches

Tatmotiv war jedenfalls äußerst unwahrscheinlich.

Vielleicht hatte ja auch jemand eine Rechnung mit den beiden getöteten Betreuern offen? Beim Reinzwängen in seinen Hyundai entschied Hans Hegele, sich in Jettingen weiter umzuhören. Er wusste schon, wo er an geeignete Informationen und vor allem – nachdem er ein Bier auf leeren Magen getrunken hatte – an geeignete Nahrung herankommen konnte: Der Kartoffel-Wirt an der Wettenhausener Straße hatte um diese Uhrzeit immer was zu beißen da. Beim Hinüberfahren nach Jettingen fiel Hegele der Spruch ein, den sein Tochter vor vielen Jahren aus der Schule mitgebracht hatte. Er summte ihn leise vor sich hin: „Beim Kartoffel-Wirt, beim Kartoffel-Wirt, da wohnt d'r Ekschploditter, der hängt de' Arsch beim Fenschter raus – m'r meint es kommt a Gwitter."

Hegele summte den Spruch immer noch vor sich hin, als er in die Wirtsstube eintrat. „Bluadiger Hund!" Zu seiner Überraschung und seinem Pech war einerseits kein einziger anderer Gast dort zu sehen. Andererseits kam der Kartoffel-Wirt gleich auf ihn gestürzt, packte ihn nach einer kurzen Begrüßung am Arm und führte ihn an einen Tisch – also keinerlei Chance, auf den Fersen kehrt zu machen, um das Ermittlerglück an einem besser besuchten Ort zu versuchen. Er musste sich einem einsamen Frühstück hingeben. Seine Wahl fiel auf das klassische Paar Weißwurst mit Brezn, statt auf eines der Kartoffelgerichte. Hegele blieb die ganze Zeit allein. Nicht einmal der Exploditter ließ sich blicken.

Als der Ex-Kommissar eine Dreiviertelstunde später das Gasthaus verließ, war er satt, aber um keine einzige Information reicher. Wenigstens hatte sich Hegele überlegt, wo seine Chancen, an Informationen zu gelangen, um diese Uhrzeit sicherlich wesentlich besser wären: Beim Döner-Mann in Scheppach oder beim Wosch-Bäck. Er entschied sich für das Vielversprechendere: die Jettinger Bäckereifiliale.

Private Investigations

Donnerstag, mittags. Beim Einbiegen in die Jettinger Hauptstraße drehte Ex-Bulle Hegele das Radio lauter. Der einzige für jemanden in seinem Alter noch ohne Hirnverschlingung hörbare Radiosender spielte ein Lied in englischer Sprache an, das er schon seit Jahren nicht mehr gehört hatte. Er drehte die Musik lauter. Hans Hegele war sich sicher, im Gespräch mit der Klientel des Wosch-Bäcks Antworten auf einige seiner offenen Fragen zu finden. Seine Zuversicht wuchs. Das Spiel konnte beginnen. Das Radio dudelte:

> It's a mystery to me
> The game commences.

Mit etwas Geschick würde er – wie so oft zuvor – auf vertrauliche Informationen stoßen. Mit etwas Glück würden diese Informationen gleich beim ersten Anstich sprudeln.

> Confidential information
> It's in a diary
> This is my investigation
> It's not a public inquiry.

In seiner Zeit als Kriminalkommissar war er beim Wühlen in den Abgründen im Laufe seiner Arbeit auf so manche außergewöhnliche Gestalten getroffen – selbst hier im spießigen Schwabenland.

> I go checking out the reports
> Digging up the dirt
> You get to meet all sorts
> In this line of work.

Hegele war jetzt angekommen. Er bog auf den Penny-Park-platz ein und stellte sein Auto etwas abseits, zum REWE-Markt hin, ab. Beim Aussteigen kamen in ihm kurz Zweifel hoch. Wofür tat er das eigentlich? Etwa für seinen früheren Kameraden Mehmet Akbulut? Nein! Der Grund war ein anderer und ganz simpel: Einmal Cop – immer Cop.

Scarred for life
No compensation
Private investigations.

Der Song im Radio wechselte zu einem rythmischen Bass, ähnlich einem langsamen Herzklopfen, unterlegt von einer leisen, sich wiederholenden Melodie im Hintergrund:

Bumm – bumm – bumm – bumm – ...

Das Grande Finale des Liedes. Hegele zog den Zündschlüssel ab und stieg aus. Bevor er bei der Klientel des Wosch-Bäcks vorstellig werden konnte, musste er noch ein paar Fragen klären – er hatte keine Lust, sich dort als vollkommen ahnungslos zu outen. Der Ex-Kommissar zog seinen alten, schwarzen, an die Mobilgeräte aus Miami Vice der achtziger Jahre des vorigen Jahrhunderts erinnernden Telefon-knochen aus der Hosentasche und wählte Akbuluts Num-mer.

„Hans, ich kann jetzt nicht!", meldete sich der Noch-Kommissar am Telefon.

„Mehmet, nur kurz!", rechtfertigte sich Hegele und ließ Akbulut keine Zeit, ihn abzuwimmeln: „Diese beiden getöte-ten Betreuer, warum haben die das gemacht? Ich meine dieses Begleiten der Asylantenkinder."

Der Kommissar hielt sich kurz: „Sie war Integrationslot-sin, er Integrationsbegleiter, beide im Ehrenamt, aber offi-ziell vom Landkreis bestellt und der Marktgemeinde zuge-ordnet. Sie hatten dafür sogar Schulungen gemacht: Kom-munikationsmodelle, Konfliktbewältigung, soziale Kompe-tenz für interkulturelles Handeln,... absolut unauffällig, die beiden!"

Das war die Information, die er gesucht hatte. Hegele wollte sich schon verabschieden und auflegen. Da setzte Mehmet Akbulut noch einen Hilferuf ab: „Hans, die haben mich am Wickel! Ich soll suspendiert werden. Hast Du heute Abend Zeit?"

„Ja, komm' einfach vorbei!", antwortete Hegele und fügte hinzu: „Egal, um wie viel Uhr." Dann legte er auf.

Der Ex-Kommissar war jetzt etwas beunruhigt. Etwas Schlimmes musste vorgefallen sein. Selbst in den heutigen Zeiten – unter ständiger Beobachtung durch Presse und Internet – war eine Suspendierung immer noch das allerletzte Mittel. Um ungeliebte Mitarbeiter kaltzustellen, gab es weitaus bessere Möglichkeiten.

Doch Hegele musste sich jetzt auf seinen Fall konzentrieren. Er warf einen kurzen Blick hin zu den Tischen vor dem Wosch-Bäck und analysierte aus etwa sechzig Metern Entfernung treffend: Zwölf Personen, davon drei Handwerker bei der Brotzeit. Die restlichen neun, zwei Frauen, sieben Männer, gehörten zu dem vom ehemaligen Polizisten präferierten Kreis. Die Wissensträger der Marktgemeinde: Selbst ohne Facebook & Co wussten die stets, was in Jettingen und Umgebung gerade vor sich ging. Sie trafen sich hier schon in der Früh, dann nochmals am Mittag und am Abend. 'Lunch Roulette' auf schwäbische Art. Dazwischen wurden aufgesammelte Informationen weitergetragen und an anderer Stelle verteilt. Die Bänke vor dem Wosch-Bäck waren das Stimmungsbarometer der Marktgemeinde. Hier wurde Kommunalpolitik kommentiert, über die Zukunft der lokalen Vereine philosophiert und anhand der Berichte aus der Bildzeitung die Lage der Nation erörtert – im Allgemeinen und im Speziellen. Die da saßen waren nicht die Elite der Gemeinde, jeder für sich nicht die hellste Kerze auf der Torte. Aber zusammen bildeten sie eine Symbiose, in der sie sich optimal ergänzten und ihre Hirne zu einer Art Schwarmintelligenz zusammenschlossen. Dieses Wissen wollte Hegele jetzt anzapfen.

Er atmete nun tief durch, sprach sich leise Mut zu: „Ich gehe jetzt hin!". Dann lief er in Richtung des Backshops.

Die drei Handwerker hatten inzwischen ihre Leberkäs-Semmeln aufgegessen und waren in einem weißen Transporter mit auffälliger Werbeaufschrift verschwunden, um wieder an ihre Arbeit zu fahren. Hegele machte sich beim Anblick des an den Radkästen angerosteten Gefährts zwei mentale Notizen mit den Titeln 'Nach Werbeaufschrift fragen!' und 'Nach Rostflecken fragen!'. Selbst wenn er sich fast sicher war, dass sein ehemaliger Kollege Mehmet Akbulut diese Fragen schon gestellt hatte. Immerhin war dieser ja kein Amateur mehr, sondern hatte mehrere Jahre lang mit Hegele und erfolgreich ermittelt.

Durch den Aufbruch der Arbeiter waren drei Sitzplätze frei geworden. Der Ex-Cop lief hin und setzte sich ohne groß zu fragen auf einen der modernen Kunststoff-Drehstühle. Die bewarb der Wosch-Bäck in seinen Stehcafé-Werbeannoncen im Schwabenecho als 'Flexchairs': Erstens konnte man sich durch leichtes Abstoßen mit dem Fuß von einem Augenblick zum nächsten zu seinem neuen Gesprächspartner hindrehen – oder 360° um die eigene Achse, um im Vorüberdrehen einen vierten Kaffee zu bestellen. Zweitens waren sie in ihrer Form so flexibel, dass auch der (buchstäblich!) größte Arsch der Marktgemeinde darin angenehm Platz hatte. Drittens – und das war deren größter Vorteil – war jeder Flexchair mit einem bunten Flickenmuster – ähnlich der Tarnung von Militärbekleidung – gestaltet. Senf, Ketchup, Krümel, Kaffee oder der beim heimlichen Schluck aus dem Flachmann verschüttete Tropfen verschmolzen mit ihrer Umgebung und wurden dadurch nahezu unsichtbar.

Die Diskussion am Tisch war in vollem Gange. Hegele hatte das Gefühl, dass die Gesprächsrunde ihn gar nicht bemerkte. Mit dem Zeigefinger der rechten Hand deutete er der Bäckereifachverkäuferin am Tresen des Backshops an, dass auch er einen Kaffee wünschte. Keine halbe Minute später hatte er schon sein Getränk in einer weißen Porzellantasse vor sich stehen.

Die Unterhaltung am Tisch drehte sich um den Einfluss der makroökonomischen Entwicklung der Marktgemeinde auf die Zukunft des Kaffeeshops beim Wosch-Bäck. Genauer: Ein Zündler dieses Clubs hatte gerade die Befürchtung geäußert, dass die Firma 'Pao-Autonomous' in ihren Wachstumsbestrebungen nun auch das Areal der Bäckereifiliale mitsamt Pennymarkt kaufen und dem Erdboden gleich machen werde, um dort ein modernes, dreistöckiges Entwicklungszentrum für zweitausend – oder waren es zwanzig? – Ingenieure hinzustellen. Diese aus der Hüfte geschossene Behauptung hatte eine hitzige Diskussion entfacht. Gelöscht wurde das Feuer durch das Insiderwissen einer schick gekleideten Dame am Kopfende des Tisches. Sie meinte, gehört zu haben, dass Pao-Autonomous nun auch das restliche Gelände um den Torferlebnispfad herum erworben habe und deshalb gar nicht innerhalb der Ortschaft bauen müsse. Stattdessen gäbe es bereits weitere genehmigte Bauanträge für jenen Bereich auf der Westseite der Mindel. „Aber bitte nicht weitersagen, ist noch streng vertraulich!", fügte die Frau hinzu.

Das hatte sicherlich nichts mit seinem Kriminalfall zu tun, aber Hegele hörte trotzdem aufmerksam zu. Das Unternehmen 'Pao-Autonomous' kannte er vor allem aus der Günzburger Zeitung. Dort wurde regelmäßig mit größtem Lob von der Investitionsbereitschaft, der Innovationskraft und dem Tatendrang dieser Firma berichtet. Innerhalb eines halben Jahres hatten die im Mindelmoos eine riesige Testanlage für die Automobilindustrie errichtet. Neben asphaltierten Dynamikflächen und Handlingkursen gab es da auch ein Hochgeschwindigkeitsoval von drei Kilometern Länge. Damit der den Bauvorhaben im Weg stehende Torferlebnispfad nicht weichen musste, hatte man sich entschieden, diese Teststrecke in Form einer Ellipse kurzerhand um den Lehrpfad herum zu bauen. Die Hütte der Torferlebniswelt war nun mittels einer Unterführung zu erreichen, die Flächen des Vereins waren von außen mit einem drei Meter hohen Sichtschutz umgeben. Da ab Samstagmittag der Testbetrieb in der Regel ruhte, waren die Befürchtungen eines für die Festlichkeiten der Torferlebniswelt zu hohen Lärmpegels aus Sicht des JSZ-dominierten Gemeinderats vollkommen unbegründet. Nur die Lehrer der an Wochentagen kommenden Schulklassen mussten eben ein klein wenig lauter sprechen. Außerdem – so der JSZ-Bürgermeister vor einem halben Jahr in der Günzburger Zeitung – würde sich dieses Lärmproblem durch die voranschreitende Elektrifizierung der Fahrzeuge bald von selbst lösen. In der Tat hatte sich dieses Problem in der Zwischenzeit von selbst gelöst. Beim Bau der Fundamente für die Anlagen und Teststraßen hatte man dem Torferlebnispfad buchstäblich das Wasser abgegraben. Die ehemalige Moorlandschaft hatte sich innerhalb weniger Wochen in ein Trockentorf verwandelt. Die von der Pao-Autonomous eigens engagierten Fröscheträger waren bereits nach dem ersten Frühjahr arbeitslos: Der Laich der in orangefarbenen Obi- und blauen Hyundai-Eimern ins Innere des Ovals getragenen Kröten mochte in den ausgetrockneten Teichen einfach nicht gedeihen. Kein Schüler wollte diese von einem drei Meter hohen Sichtschutz umgebene Mondlandschaft mehr sehen. Bald würde sich auch der Torferlebnisverein auflösen und damit noch mehr Platz für die fortschreitende, nachhaltige wirtschaftliche Entwicklung der Mindelregion schaffen.

All das hatte jedoch nichts mit seinem Fall zu tun. Der Ex-Kommissar musste das Tafelgespräch geschickt in eine andere Richtung lenken. „Hoffentlich passiert so etwas wie in Freihalden nicht hier in Jettingen!", warf er in die Runde.

Alle Köpfe drehten sich jetzt unisono zu ihm hin. Er hatte nun die volle Aufmerksamkeit der Gruppe. Das hatte Hegele so nicht gewollt – unter 'geschickt' versteht man etwas anderes. Er wurde rot. Aus Verlegenheit stammelte er: „Ich hab nur so gemeint ... äh, wär halt nicht so gut, wenn so etwas auch hier geschehen würde, äh."

Hegele nahm verlegen einen Schluck aus seiner Kaffeetasse. Das Getränk war mittlerweile eiskalt.

Jetzt hackte die Dame am Tischende auf ihn ein: „Was willst Du Doigaff denn jetzt damit? Hier in Jettingen gibt's keine Islamisten!"

Ein anderer fuhr ihr ins Wort: „Pass auf, Doris! Das ist doch der Bulle von drüben."

Beim Wort 'drüben' zeigte jener mit der flachen Hand in Richtung Norden. Damit war klar, dass er nicht die DDR, sondern die Zone nördlich der Autobahn meinte.

„Ich bin pensioniert!", versuchte sich Hegele noch kleinlaut zu rechtfertigen.

Aber da war es schon zu spät. Ein Wissensträger nach dem anderen stand jetzt wortlos auf. Sie liefen in die Bäckereifiliale, zahlten und fuhren weg – einige in ihren Autos, viele mit ihren Fahrrädern, einer mit seinem Motorroller, daran ein selbstgebauter und sicherlich nicht zulassungswürdiger, kleiner, einachsiger Anhänger, randvoll mit leeren Bierflaschen.

Hegele blieb noch eine Viertelstunde sitzen. Er versuchte nachzudenken. Aber ihm fiel nichts ein. Handwerker kamen, kauften sich Brotzeit und gingen wieder.

Eine Chance bestand noch, um an Informationen zu kommen: Der Döner-Mann in Scheppach. Der Ex-Cop zahlte, setzte sich in sein Auto und fuhr in den auf der anderen Seite der Bahnlinie liegenden Ortsteil.

Beim Döner-Mann wartete eine Überraschung auf den ehemaligen Kommissar: Erstes Warnsignal war der vor dem Imbiss geparkte Motorroller mit dem nicht zulassungswürdigen, selbstgebauten Anhänger. Durch die großen Fensterscheiben konnte Hegele schließlich alle neun Marktgemeindebürger erkennen, die kurz zuvor vor ihm geflüchtet waren. Sie hatten sich einen neuen Ort für ihr Rendezvous gesucht – und dieser Ort war nun für Hans Hegele als Ermittlungsquelle 'verbrannt'.

Spaß

Donnerstag, abends. Seine Frau rief von der Spüle aus: „Da kommt einer für Dich!"

Hegele stand vom Fernsehsessel auf, lief zu seiner Gattin in die Küche und schaute verstohlen durch den Spalt zwischen Fensterrahmen und Vorhang hindurch nach draußen. Vor dem spießigen Jägerzaun hatte ein weißer, aufgemotzter BMW angehalten. Ein Mann in Zivil stieg jetzt aus. Es war Mehmet Akbulut. Er bückte sich, um das kleine Holztürle durch einen Griff nach innen zu öffnen, und lief dann den mit Sandstein gepflasterten Weg in Richtung Hauseingang. Es klingelte.

Kurz darauf saßen die beiden Männer im Wohnzimmer. Hegeles Gattin kam mit einer Tasse Tee herein und stellte diese vor Akbulut auf dem Nierentisch ab. Dann verließ sie den Raum wieder, damit die beiden ihre intimen 'Männergespräche' führen konnten.

Mehmet Akbulut nippte am Tee. Dann brach es aus ihm raus: „Hans, die haben mich suspendiert!"

Dass seinem Ex-Kollegen wegen Erfolglosigkeit die Leitung des Falles entzogen wurde, konnte Hegele noch verstehen. Aber gleich suspendieren?

Akbulut präzisierte: „Ich soll meinen Nachfolger aufs Übelste beleidigt haben."

Er zog jetzt sein Smartphone aus der Tasche, wischte ein paar Mal über den Bildschirm und zeigte dem links neben ihm sitzenden Hegele einen Auszug aus der Whatsapp-Kommunikation, die er mit dem neuen Leiter des Falles hatte: Auf die Aussage des Neuen, dass er vorhabe, alle Einwohner der Marktgemeinde Jettingen-Scheppach mit

Migrationshintergrund verhören zu lassen, hatte Akbulut
schriftlich geantwortet:

> „Du spaßt! Haben doch gar nicht die Ressourcen,
> alle zu vernehmen."

Diesen Satz hatte er mit einem Emoticon versehen: Ein
gelbes, betrübtes Smiley-Gesicht mit einer Polizeimütze auf
dem Kopf. Der Kollege hatte darauf ohne den Zusatz eines
Emoticons geantwortet:

> „So eine Beschimpfung lasse ich mir von einem
> weiß-Gott-was-studierten Türken nicht bieten!"

und den Whatsapp-Nachrichtenkanal sofort abgebrochen.

Mehmet Akbulut führte jetzt aus, was danach passiert
war: „Kurz darauf hat mich der Leiter der Direktion Krumbach angerufen: Auf Anordnung aus Kempten musste ich
sofort antanzen und ihm meine Dienstwaffe, Dienstmarke
sowie den Schlüssel zum Dienstwagen aushändigen. Er hat
mich bis auf Weiteres nach Hause geschickt. Mir wird zur
Last gelegt, meinen Kollegen mit dem Schimpfwort 'Du
Spast!' betitelt und damit zutiefst beleidigt zu haben."

Der ehemalige Kommissar Hegele schaute sich noch einmal ungläubig die Whatsapp-Konversation auf Akbuluts
Smartphone an. Ja, tatsächlich. Da stand es! Und er kam
zu diesen beiden Schlüssen:

Erstens wurde korrekterweise jede Verfehlung der Poli-
zeikollegen untereinander strikt geahndet und unter Aus-
nutzung aller bestehenden Möglichkeiten der Sanktionie-
rung mit größtmöglicher Härte bestraft – Zero Tolerance in
KRU-City.

Zweitens waren nicht alle Grammatikkenntnisse – speziell
betreffend der zweiten Person Singular des Verbs 'spaßen'
– bis ins Kammeltal hineindiffundiert. Nur der 'Weiß-Gott-
was-Studierte' mit Migrationshintergrund aus dem Mindeltal hatte sich hier als sprachfest erwiesen und wusste das
Wort korrekt zu konjugieren.

Hegele fragte sich, ob der Direktionsleiter nach Aufklärung dieses albernen Sachverhalts das abwertend gemeinte 'Türke' genauso hart ahnden würde. Keinen dieser Gedanken sprach er laut aus. Dem Pensionär war klar, dass es für Akbulut in dessen jetziger Situation nicht von Vorteil sein konnte, einem Kohlhaas gleich unbotmäßig Gerechtigkeit einzufordern – fiat iustitia et pereat mundus. Die Zeit würde auch diese Wunde heilen – auf die eine oder auf die andere Weise. Hunde bellen, Karawanen ziehen weiter.

Stattdessen musste er seinen Besucher nun beruhigen und versuchen, dessen Gedanken in eine andere, positive Richtung zu lenken. In der Tat hatte es auch sein Gutes: Jetzt waren sie wieder zu zweit – das frühere Burgauer Ermittler-Dream-Team. Sie konnten sich jetzt absolut frei bewegen, ohne irgendwelchen Zwänge aus den Vorgaben der Polizeiarbeit.

„Lass uns 'mal über den Fall weiterdenken, Mehmet! Mir schwirren da so ein paar Fragen durch den Kopf. Vielleicht kannst Du mir da weiterhelfen? Ihr habt noch einmal mit den Asylantenkindern gesprochen. Gab es an dem weißen Transporter irgendwelche Auffälligkeiten? Rostflecken oder Beschriftungen?"

„Nein! Wir haben die Kinder, unsere bislang einzigen Zeugen, noch ein zweites Mal zusammen mit einer Dolmetscherin und einer Psychologin vernommen. Sie sind traumatisiert, können sich nicht an das Ereignis erinnern", antwortete Akbulut: „Auch vor Ort gibt es nicht einmal Spuren, die auf den Typ des Wagens schließen lassen."

„Andere Hinweise, Mehmet? Du weißt ja: An den Grenzen der Wahrnehmung blühen oft phantastische Blumen!"

„Es gab einige mehr oder weniger sachdienliche Hinweise aus der Bevölkerung. Von meinem Chef, oder besser Ex-Chef, wurden die allesamt als irrelevant eingeschätzt. Viele anonyme Anschwärzungen oder Verdächtigungen. Im letzten Frühsommer soll einmal ein weißes Fahrzeug von Oxenbronn kommend in Autenried fast in den voll besetzten dortigen Brauereibiergarten gerast sein. Die hoffnungsvollste Spur ist noch das Bekennervideo im Internet. Aber ich habe da meine Zweifel. Der Tonfall ist meiner Ansicht nach schiitisch geprägt, aber die ganze Terrorismusbranche, vor der wir solche Angst haben, besteht aus Salafisten oder Wahhabiten, also Sunniten. Und in der Botschaft gibt es keinerlei Informationen, die man auch nur annähernd als Täterwissen interpretieren könnte. Das ist alles immer noch sehr mysteriös! Ich persönlich glaube nicht an einen islamistischen Hintergrund. So ein Bekennervideo könnte jeder verfassen."

Auch wenn Hans Hegele nichts von den religiösen Strömungen innerhalb des Islams verstand, nickte er zustimmend. Dann erzählte er Akbulut ausführlich von seinen Erkenntnissen des Tages.

Dieses Mal nickte sein Kollege bei jedem Satz wiederum affirmativ. Nach den Ausführungen des Rentners ergänzte Akbulut: „Diese Firma Pao-Autonomous war auch in unseren Ermittlungen kurz aufgetaucht: Das Fernsehteam war dort bei der Vorstellung von deren Konzept zum autonomen Fahren gewesen und ich hatte das persönlich gegengeprüft. Der Geschäftsführer namens Ronny Pietsch ist ein bunter Hund. Er hat sich genau im Gewerbegebiet beim Torferlebnispfad eine Villa gebaut. Von der Umgehungsstraße her sieht man immer eine riesige Veilchen-lila Flagge der Fußballmannschaft 'Erzgebirge Aue' an einem Fahnenmast vor seinem Haus hängen – der kommt wohl von dort."

Hegele kannte diese Fußballmannschaft. Zur Zeit seiner Ausbildung, also lange vor dem Mauerfall, hieß das Team noch 'Wismut Aue'. Aus Spaß hatten sie, die damaligen Polizeischüler, ihrer eigenen Hobby-Fußballmannschaft den Namen 'Missmut Aua' gegeben, was bei Amateur-Turnieren immer für die gewollten Lacher gesorgt hatte. Dass sich hier jemand eine lila Fahne vor sein Haus hängte, war unüblich. Die dominierenden Farben im Mindeltal waren das Weiß-Blau der Sechziger, das Rot von Ferrari oder das Rot-Weiß-

Grün der Augschburger.

Mehmet Akbulut fuhr fort: „Du kennst bestimmt die Frau dieses Geschäftsführers: Sie fährt einen auffälligen, lila Mega-SUV mit Jettinger JS-Z-Kennzeichen. Beim jährlichen Musical des Breher-Kindergartens in der Turnhalle der Eberlin-Mittelschule steht sie grundsätzlich mit der Karre direkt vor dem als Notausgang ausgewiesenen Haupteingang – sie darf das, damit die Dame nicht so weit laufen muss. Die Feuerwehr und der Bürgermeister drücken da ein Auge zu. Bei einem Brand gibt es ja auch noch alternative Fluchtwege, zum Beispiel durch den Atombunker im Keller."

Das Plaudern war angenehm und für Akbuluts Seele sicherlich heilsam. Aber irgendwie waren die beiden vom Thema abgewichen. Die Diskussion über lila Fahnen und gleichfarbige SUVs brachte nichts für den Fall. Außerdem war es schon spät – zu spät nach Ansicht des Rentners. Hegele unterbrach nun die Unterredung: „Mehmet, wir müssen jetzt Schluss machen. Ich bin müde und muss noch duschen."

Der Frühpensionär stand vom Wohnzimmersofa auf und kramte in dem Haufen von Zeitungen auf dem Wohnzimmertisch, um sie in einen geordneten Stapel zu bringen. Mehmet Akbulut erkannte, dass er jetzt schleunigst verschwinden sollte. Er blickte auf die Uhr – es war wirklich schon sehr spät, zumindest für das Zeitempfinden eines typischen Rentners. Mit einem „Gute Nacht, Hans, wir hören uns morgen!", verabschiedete sich Akbulut und lief in Richtung Ausgangstür.

Als er an der geöffneten Küchentür vorbeikam, stand da drin noch Hegeles Frau und wischte gelangweilt über ihr Smartphone. Sie erkannte die Fragezeichen in Akbuluts Gesicht. Gerade so laut, dass ihr Gatte es nicht hören konnte, antwortete sie mit einem Augenzwinkern auf genau die Frage, die Mehmet Akbulut nicht zu stellen gewagt hatte: „Hans duscht seit seinem Krankenhausaufenthalt immer nur noch am Abend. Nicht, dass er am nächsten Morgen 'mal aufwacht und merkt, dass er über Nacht verschwitzt gestorben ist."

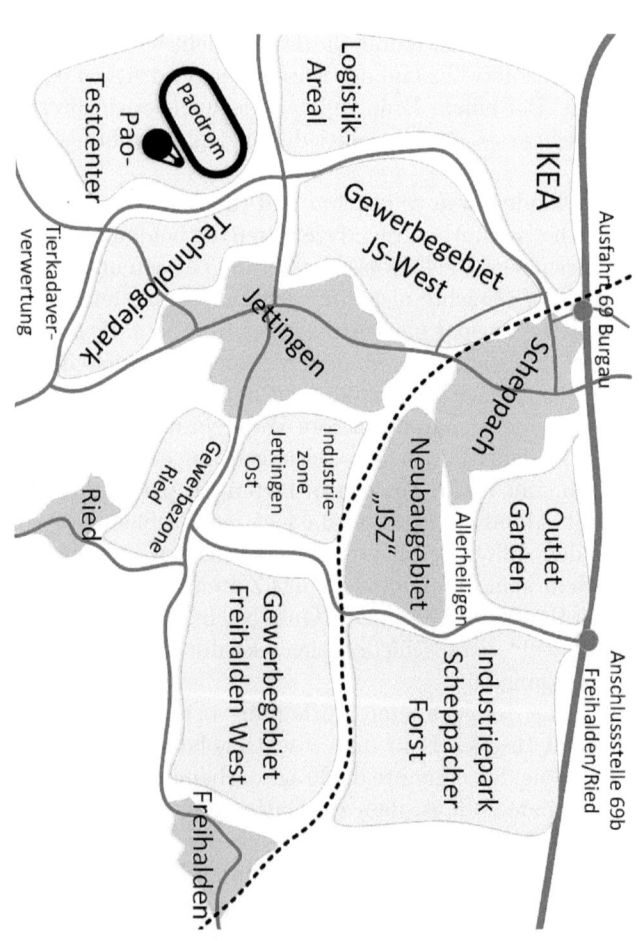

Sechz'ger

Freitag früh, kurz nach Mitternacht. „Bluadiger Hund!"
Hans Hegele war aus seinem Albtraum aufgewacht. Gerade
noch hatte ein weißer Transporter mit teuflischem Kennzeichen JS-Z-1860 versucht, seine in Veilchen-lila Trikots
mit lila Sporthosen und lila Stutzen gekleideten Polizeikol-
legen in einer wilden Verfolgungsjagd vom Fußballplatz zu
vertreiben. Methusalem-Trainer Hegele hatte erst über die
tiefen Reifenspuren im Rasen seinen Missmut geäußert und
dann durch einen gezielten Schuss in die Reifen ein Aua
verhindert.

Der Pensionär tippte seine neben ihm ruhende Frau mehrfach an. Diese rührte sich zunächst nicht. Dann wachte sie
benommen aus dem Tiefschlaf auf.

„Was ist das Passwort für Deinen Tablet-PC? Schnell!
Ich brauch' es jetzt."

Hegeles Frau verriet ihm wie in Trance die Buchstaben-
kombination, drehte sich auf die Seite und schlief sofort
wieder ein. So einfach war es also für Hacker & Co, an die
Kennwörter gestresster, weil berufstätiger Frauen zu kommen.

Der Ex-Cop stand auf, lief in seinem altbackenen Schlafanzug in die Küche und griff sich das Tablet. Nach einigem Suchen hatte er den Knopf zum Anschalten gefunden.
Er befreite das Gerät aus seinem Schlafmodus, entsperr-
te es mit dem Passwort seiner Frau und gab 'Autenried,
Beinahe-Unfall, weiß' in eine Suchmaschine ein. Der erste
Treffer nach einigen als solche kenntlich gemachten Anzei-
gen mit Werbung für Bier führte ihn auf eine Webseite der
Augsburger Allgemeinen Zeitung. Er klickte diese an. Sie
enthielt Lokalnachrichten von einem Sonntag des vergan-

genen Frühjahrs. Viel war da nicht los gewesen. Es wurde dort ausführlich berichtet, wie 1860 München am Vortag mit einem 1:0-Sieg über einen Lokalrivalen den Gewinn der Deutschen Fußballmeisterschaft perfekt gemacht hatte. Zudem wurde erklärt, warum Fernsehzuschauer mit Satellitenanschluss die Sportschau mit den zugehörigen Bildern der Meisterfeier der Sechz'ger nicht hatten sehen können: Eine plötzlich aufgetretene chromosphärische Sonneneruption hatte bewirkt, dass sich alle Kommunikationssatelliten in eine Notabschaltung versetzten hatten und für mehrere Stunden funktionslos blieben. Der Bericht konnte nicht klären, ob diese Eruption durch das Toben des Vorstands des anderen Münchner Fußballvereins ausgelöst worden war. Schließlich stand auf derselben Internetseite, dass am Vortag ein aus Oxenbronn kommender, weißer SUV unbekannter Marke auf der abschüssigen Straße hinein nach Autenried die Rechtskurve verpasst hatte und ungebremst durch den in diesem Augenblick mit Fußballfans belegten Biergarten einer ansässigen Brauerei gerast war – zum Glück ohne jemanden zu verletzen, da auf einem geteerten Zubringerweg fahrend, der den Außenbereich mit Biertischen von der Gastschänke trennte. Wie von Akbulut geschildert, war der Fall untersucht und dann zu den Akten gelegt worden.

„Ein weißes Fahrzeug rast in ländlicher Umgebung beinahe in eine Menschenmenge", dachte Hegele laut vor sich hin. Gab es da einen Zusammenhang mit dem Kasus Freihalden? Oder war das reiner Zufall?

Der Spürsinn des ehemaligen Hauptkommissars Hegele kam nun zu einer eindeutigen und klaren Einschätzung der Sachlage: „Bluadiger Hund!"

Plunder

Freitag, morgens. Seine Frau hatte ihn am Frühstückstisch mit ein paar netten Überraschungen eingedeckt. Da
lag nicht nur ein akkurat vorbereiteter Zettel mit Aufgaben, die er an diesem Morgen – während sie arbeiten war –
für den Haushalt zu verrichten hatte. Jetzt las sie ihm beim
hastigen Kaffee im Stehen noch vor, welche interessanten
Neuigkeiten auf ihrem Smartphone angezeigt wurden:

Erstens sollte auf Anweisung der neuen Ermittlungslei-
tung in der Marktgemeinde Jettingen-Scheppach zum Wochenende eine Befragung von 500 signifikanten Personen
im Tötungsdelikt Freihalden anlaufen. Dazu war von den
Profiling-Experten in Windeseile ein Data-Mining-Algorith-
mus entwickelt und appliziert worden, der anhand rein ob-
jektiver Kriterien eine Wahrscheinlichkeit für die Verwick-
lung in das Attentat berechnete. Für Samstag war bereits
eine Hundertschaft von Polizeibeamten zur Unterstützung
angefordert worden. Die Medien forderten die Bevölkerung
auf, Ruhe zu bewahren. Wer nichts zu verbergen habe, habe
auch nichts zu befürchten.

Zweitens hatte Erzgebirge Aue am Vorabend einen re-
nommierten Münchner Fußballclub im Elfmeterschießen aus
dem DfB-Pokal geworfen.

Drittens gab es da eine Erinnerung des JSZ-Bürgermeisters, dass es allen Bevölkerungsteilen nördlich der A8 aus-
drücklich verboten sei, ihren Müll am Wertstoffhof Jettingen-Scheppach abzuladen. Zuwiderhandlungen würden mit
Ordnungsverfahren geahndet. Der Personalausweis sei bei
Abgabe von Wertstoffen am Müllsammelplatz in Jettingen
dem Personal in Warnwesten unaufgefordert vorzuzeigen.
Besitzer von Fahrzeugen mit JS-Kennzeichen seien von die-

ser Regelung explizit ausgenommen.

Hegeles Frau nahm einen Kugelschreiber und strich auf dem Aufgabenzettel eines der für ihren Mann geschnürten Arbeitspakete wieder durch: „Das machst Du also besser erst nächste Woche!" Dann zog sie sich hastig ihre Jacke an, schlüpfte in ihre Schuhe, rief ihm ein „Tschüss!" zu und eilte aus dem Haus.

Der Pensionär blieb in seinem Schlafanzug am Frühstückstisch sitzen. Er zog den Zettel mit Aufgaben auf dem Tisch zu sich hin und begann zu lesen. Neben dem üblichen Kram – Spülmaschine ausräumen, Wohnzimmer durchsaugen, ... , Wäsche aufhängen – gab es da noch einen ganz besonderen Task, der Hegele bis ins Mark erschütterte:

Er hatte von seiner Gattin den expliziten Auftrag bekommen, aus der Bäckerei in Röfingen 'sechs der guten Plunderteilchen' zu holen. Das konnte nur eins bedeuten: Für heute Mittag hatte sich sein Neffe zu Besuch angesagt: Michael, mit dem er knapp die Hälfte seiner Gene teilte – worauf der Ex-Kommissar nicht unbedingt stolz war. Im Gegensatz dazu war Michael definitiv der Liebling seiner Frau. Sie verwöhnte ihn bei jedem Treffen wie den eigenen Sohn, den sie nie gehabt hatte. Insbesondere jetzt, da die gemeinsame Tochter schon für geraume Zeit im Ausland weilte.

Hans Hegeles Meinung über den Spross seines Bruders wich in bedeutenden Bereichen von der seiner Gattin ab. Für ihn war Michael ein nixnutziger Siach. Trotz eines überdurchschnittlichen Abiturs und eines äußerst vielversprechenden Starts in das Ingenieursstudium, hatte ihn ein Praktikum bei einem Automobilkonzern gehörig aus der Bahn geworfen. Er sprach nie über das, was ihm da passiert war – oder was er da womöglich angestellt hatte. Dennoch hatte er danach mit fast dreißig Jahren sein Studium hingeschmissen und war jetzt als von seinen Eltern finanzierter Klugscheißer unterwegs. Einzig durch sein Engagement als Grabredner erwies er der Sozialgemeinschaft einen kleinen

Dienst – mit entsprechend kleiner und nicht die Lebenskosten deckender Entlohnung. Michael Hegeles Abschiedsreden waren von Lauingen bis Ursberg, von Autenried bis Dinkel gefragt. Bei Notwendigkeit konnte man den Kontakt zu ihm rein digital und klinisch steril über seine Homepage www.grabredner-hegele.de aufnehmen. Eine Vita des Verblichenen und ein oder zwei interessante Geschichten aus dessen Leben genügten ihm, um die Trauerfeier zu einem unvergesslichen Erlebnis zu machen. Den schwarzen Anzug mit Hut – die Blues Brothers lassen grüßen! – hatte Michael sich selbst gekauft. Für die Fahrt zu den Friedhöfen war er hingegen noch auf das Auto seiner Eltern angewiesen – und manchmal auf das seiner Tante, die ihm das ihrige bereitwillig gab, um dann mit dem silbernen Kleinstwagen ihres Mannes zur Arbeit zu kommen. Der Bua musste für seinen Job ja mobil sein. Für Rentner-Onkel Hans waren das dann bewegungsunfähige Tage der Langeweile.

Der Ex-Kommissar nippte noch einmal an seinem Kaffee. Würde er diesen zu erwartenden, mit Zitaten und Besserwissereien gespickten Nachmittag überstehen können? Nein! Er brauchte Unterstützung durch einen Gegenpart zu seiner Frau und seinem Neffen. Hans Hegele wählte die Nummer seines ehemaligen Kollegen Mehmet Akbulut. Als dieser am Telefon antwortete, fragte er ihn, ob er am Nachmittag etwas zu tun habe oder ob er zur weiteren Besprechung des Falles zu ihm kommen wolle. Als 'Klette' setzte er noch die Bemerkung ab, dass es ganz interessante Neuigkeiten gäbe.

Natürlich hatte Akbulut nichts zu tun: Null – niente – hiçbir – nada. Er war ja gerade erst geschasst worden. Das Zusammentreffen war gebongt und für die Zeit des Feierabends von Hegeles Frau ausgemacht: Punkt 15 Uhr.

Pensionär Hans zog sich jetzt um. Als erstes würde er den auferlegten Einkauf abarbeiten und anschließend von seiner ToDo-Liste streichen: Acht statt der geforderten sechs guten Plunderteilchen.

Klugscheißer

Freitag, nachmittags. „Bluadiger Hund!" Dass Michael Hegele eine Stunde zu früh erscheinen würde, damit hatte Kommissar a.D. Hans Hegele nicht gerechnet. Der Neffe hatte die ganze Strecke hierher mit seinem selbstgebauten, unverwechselbaren, einzigartigen Liegerad zurückgelegt. Dieses lehnte jetzt lässig und für alle sichtbar von außen am spießigen Jägerzaun. Ein deutliches Zeichen: Er war jetzt da – und mit ihm die Individualität.

Onkel Hans wünschte sich kurz, dass jemand doch bitte das nicht abgesperrte Velomobil mitnehmen und einem anderen Zweck zuführen möge. Doch das hätte bedeutet, dass er selbst noch öfter autolos zu Hause herumgesessen wäre. Also keine gute Idee.

Michael wusste, dass er den Flair eine Klugscheißers hatte. Aber er wusste nicht von der insgeheimen Abneigung, die sein Onkel gegen ihn und Leute seiner Art hegte. Aus Höflichkeit hatte ihm der Ex-Kommissar ein Glas Leitungswasser hingestellt. Der Neffe hielt dies für einen Akt der Zuneigung und quittierte es mit einem: „Danke, Onkelchen!" Dann fing er an, über seinen heutigen 'Case' zu erzählen. Mit 'Fall' meinte er dabei die Grabrede, die er am Morgen hatte halten müssen. Seine ausgedehnten Ausführungen über die Geschichte der Beerdigungsrituale vom pleistozänen Australopithecus bis zum kontemporären Homo digitalis schloss Michael Hegele grinsend mit der Bemerkung ab, dass es sich bei seinen Fällen – im Gegensatz zu denen des Kommissars – ausschließlich und buchstäblich um 'Cold Cases' handele.

Eines wusste Hans Hegele gewiss: Sein Neffe sollte weder die Rede an seinem Grab halten dürfen noch bei seinem

Tod die Erlaubnis haben, die Übertragung der Trauerfeier live im Internet oder das professionelle Hochladen in einen eigenen YouTube-Kanal als Geschäftsidee umzusetzen.

Der pensionierte Polizeibeamte wurde erlöst: Es klingelte an der Haustür. Das musste der suspendierte Polizeibeamte sein, Gott sei Dank!

Kurz darauf saßen sie alle drei im Wohnzimmer. Mehmet Akbulut kannte den Neffen Michael bereits flüchtig. Jener hockte im Moment etwas abseits in einem Ledersessel und starrte gebannt auf sein Smartphone. Ab und zu wischte er in Gedanken versunken mit den Fingerspitzen über den Bildschirm oder tippte etwas ein. Gelegenheit also für die beiden Kommissare, sich weiter über ihren Fall zu unterhalten.

„Was sind das für Neuigkeiten, die Du mir erzählen wolltest?", fing Akbulut das Gespräch an.

Hegele berichtete nun von seinen Internet-Nachforschungen zu den Ereignissen in Autenried. Er schloss ab mit: „Ein ähnlicher Vorfall. Auch dort fuhr ein weißes Fahrzeug fast in eine Menschenmenge hinein. Ist das nicht seltsam?"

Mehmet Akbulut verzog sein Gesicht. Ja. Seltsam. Doch dort einen Zusammenhang zu sehen, hielt er für zu weit hergeholt. Stattdessen warf er ein: „Meine Frau meinte, ich solle mich ab sofort lieber aus den Ermittlungen heraushalten."

Was? Wollte sein Kollege jetzt einfach so aufgeben – jetzt, da sie mitten in einem gemeinsamen Fall steckten? Hans Hegele überging die letzte Bemerkung einfach, indem er weitere Fragen stellte: „Warum war das Fernsehteam eigentlich schon mittags auf dem Rückweg? Hatten die es eilig?"

Akbulut antwortete: „Ich hatte Dir ja schon gesagt, dass sie auf einer Vorstellung des Konzepts der Pao-Autonomous zum automatisierten Fahren waren. Aber die Präsentation vor Ort auf dem Testgelände im Mindeltorf musste abgebrochen werden, weil irgendetwas nicht richtig funktio-

nierte. Nach eigenen Angaben hat das Fernsehteam Hals-
über-Kopf zusammengepackt und ist abgefahren, weil das
die Möglichkeit bot, dass die Reporterin ihren Bericht noch
in den 14 Uhr-Nachrichten im Studio selbst anmoderieren
konnte. Die Reportage wollten sie während der Fahrt auf
dem Computer zusammenschneiden – aber wegen der Ereignisse in Freihalden sind sie nicht mehr dazu gekommen."

Pensionär Hegele blickte nachdenklich. Also fügte Akbulut hinzu: „Hans, wir haben alle Fernsehfuzzis getrennt
voneinander befragt. Alle haben uns – in der einen oder
anderen Form – die gleiche Geschichte erzählt. Es ist nicht
anzunehmen, dass die gelogen haben oder da mit drin ste-
cken!" Er bekräftigte diese Aussage noch mit einem: „Ich
bin mir da wirklich ganz sicher!"

„Was bedeutet eigentlich ’Pao’? Ist das der Name des
Besitzers des Unternehmens?", wollte Hegele jetzt wissen.

Mehmet Akbulut zuckte unwissend mit den Schultern.
Stattdessen fiel Michael Hegele, der die Unterhaltung ver-
folgt haben musste, mit einem sachdienlichen Hinweis, aber
auch in einem überspitzt arroganten Tonfall dazwischen:
„Auf welches Gymnasium seid Ihr denn damals gegangen?
Pao ($\pi\acute{\alpha}\omega$), pas ($\pi\alpha\zeta$), paei ($\pi\acute{\alpha}\varepsilon\iota$) – altgriechisch für: Ich
fahre, Du fährst, er-sie-es fährt. Falls Ihr das noch nicht
gemerkt habt: Das ist ein Wortspiel! Die Mission des Unternehmens offenbart sich in seinem Namen. Damit selbst
Ihr es versteht: Pao-Autonomous bedeutet so viel wie: ’Ich
fahre autonom’. Die Pao ist eine Unternehmensgruppe mit
mehreren Business Units. Jede Sektion fängt mit ’Pao’ an.
Der zweite Namensteil beschreibt die Aufgabe der Unit.
Alles unter dem Dach einer Holding. Gebongt?"

Ja. Akbulut und Hegele hatten das jetzt verstanden, selbst
wenn sie sich mit den englischen Fachbegriffen und altgrie-
chischen Wortspielen nicht so gut auskannten. Onkel Hans
wünschte sich in diesem Augenblick, dass er die Fähigkeit
hätte, seinen Neffen wegzubeamen. In ein anderes Land, eine andere Galaxie oder – noch besser – gleich in eine ande-

re Dimension. Und wenn nicht jeden Augenblick seine Frau kommen würde, dann hätte er Michael schon längst rausgeworfen – wenn's sein muss, dann auch durch's geschlossene Fenster. Er schaute Mehmet Akbulut an und sah, dass im Moment ähnliche Gedanken durch dessen Hirnwindungen schossen.

Der Neffe wischte wieder unbeirrt auf seinem Smartphone herum. Im Hintergrund war zu hören, wie jemand von außen die Tür aufsperrte. Dann hallte das „Hallo, seid Ihr schon zu Hause?" seiner Frau durch den Gang.

Michael warf den beiden Ermittlern noch einen Brocken vor: „Und wenn Ihr es genau wissen wollt: Das Geschäftsmodell der Pao-Autonomous ist die Systementwicklung für automatisiertes Fahren anhand von Geofencing! Findet Ihr so auf Wikipedia. Was Ihr da nicht findet, sondern nur von mir aus meiner Tätigkeit in der Automobilentwicklung erfahrt:" Er machte eine kurze Pause, um den Spannungsbogen aufzubauen. "Die Pao-Leute hatten damals bei uns den Spitznamen 'Geofencing-Mafia', weil sie behaupteten, dass sie autonomes Fahren rein über digitale Karten und damit wesentlich günstiger als mit anderen Umfeldsensoren realisieren könnten. Damit haben sie andere hoffnungsvolle und ambitionierte Sensoranbieter rein durch diese Behauptung aus dem Markt gedrängt. Die Top-Manager bei den Autobauern haben das geglaubt – und glauben das wohl immer noch."

Jetzt stand er auf, lief zu seiner Tante und umarmte sie: „Ich bin so froh, dass ich heute hier bei Euch sein darf!"

„Bluadiger Hund!", dachte sich Hans Hegele. Und das war nicht nur auf die mütterlich-innige Beziehung zwischen seinem Neffen und seiner Frau bezogen.

Mähroboter

Freitag, am späten Nachmittag. Das waren also die berühmten Plunderteilchen gewesen, derentwegen Michael Hegele mindestens einmal im Monat die lange Anfahrt mit dem Liegerad auf sich nahm. Akbulut fand sie nicht besonders prickelnd. Aber wenigstens waren sie nicht in Schweineschmalz herausgebacken.

Hegeles Frau und sein Neffe hatten sich unterdessen in die Küche zurückgezogen. Dort quatschten sie aufgeregt über dies und das. Nur Wortfetzen erreichten die beiden selbsternannten Privatermittler, die immer noch wie ein altes Ehepaar nebeneinander auf dem Wohnzimmersofa saßen.

Mehmet Akbulut brauchte ein bisschen Zeit. Schließlich fasste er den Mut, seinem Ex-Kollegen eine ganz private Frage zu stellen, die ihm seit dem Eintreffen von Hegeles Gattin und der anschließenden Umarmung unter den Nägeln brannte: „Du, Hans, ich hab da 'mal 'ne Frage: Zwischen Deiner Frau und diesem Michael, ist da schon alles so, wie es sein sollte?"

Hegele antwortete: „Gut bemerkt! Aber da brauchst Du Dir keine Gedanken machen. Ich bin mir da ganz sicher!"

Mehr brauchte er nicht sagen. Für Akbulut war das genug Bestätigung. Es passte mit seinen Beobachtungen und der zeitweilig effeminierten Ausdrucksweise des Neffen ganz gut ins Bild.

Jetzt preschte Hans Hegele vor: „Wollen wir mal im Internet gucken, was diese Pao-Autonomous so alles macht?" In der Tat hatte er von Michaels Ausführungen nur wenig bis gar nichts verstanden. Akbulut ging es genauso. Deshalb stimmte er ihm erleichtert zu und zückte sein Smartphone.

Die Internetseite des Unternehmens Pao-Autonomous war der letzte Schrei. Die Fachleute der Werbeagentur 'Pao-Promote', die im Impressum für Design und Layout der Homepage verantwortlich zeichneten, hatten ganze Arbeit geleistet: Wenn man der Gestaltung der Webseite Glauben schenkte, dann konnte man a) in keinem der herkömmlichen Lebensbereiche mehr ohne automatisiertes Fahren auskommen und hatte b) in der Pao den richtigen Partner für die Systementwicklung computergesteuerten Fahrens gefunden. Untermauert wurden diese Kernaussagen durch futuristisch anmutende Hintergrundbilder und die Verwendung floskelartiger Anglizismen, unter denen sich weder Hegele noch Akbulut etwas vorstellen konnten: Frontloaded Development, End-to-End Application, Human-Machine-Interface, Integral Functional Safety Concept, Paradigm-Change, Design Thinking, Machine Learning ... Auch das Wort 'Geofencing' tauchte mehrfach auf. Es war jeweils unterstrichen.

Selbst der mit dem Computerzeugs weniger vertraute Pensionär Hans Hegele wusste, dass man auf solche unterstrichenen Wörter klicken und dadurch mehr erfahren konnte: „Mehmet, tipp' da mal drauf und lies mal vor!"

Beim Klicken auf den Begriff poppte eine neue Internetseite hoch, auf der das Schlagwort erklärt wurde. Statt vorzulesen, ging Akbulut den Text zunächst einmal in Ruhe durch und fasste ihn erst danach in für Rentner Hegele verständlichen Worten zusammen:

„Also, Hans, dieses Geofencing ist ganz einfach: Die autonom fahrenden Autos müssen ja wissen, wo sie fahren dürfen und wo nicht. Im Konzept der Pao wissen das die Supercomputer im selbstfahrenden Auto über die Satellitenposition, die mit einer digitalen Karte abgeglichen wird. Das funktioniert also so ähnlich wie bei einem Navi. So weit so gut. Der Clou an der Sache ist, dass die Pao-Autonomous behauptet, dass sie diese Position überall auf der zivilisierten Welt durch ein hochexaktes mathematisches Verfahren bis auf drei Zentimeter genau bestimmen kann. Zusammen mit einem Paket an digitalen Karten, das bei der Tochterfirma 'Pao-Map' käuflich erworben werden kann und ständig aktuell gehalten wird, kann sich ein selbstfahrendes Auto jederzeit und überall auf seiner Spur halten. Man braucht also keine Kameras oder so, die einem sagen, wo überhaupt die Straße läuft. Hier steht noch, dass das System auch in Tunneln oder bei schlechter Witterung einwandfrei funktioniert."

Akbulut machte einen kleine Pause, um Hegele Zeit für Nachfragen zu geben. Diese kamen nicht. Das konnte ein gutes oder ein schlechtes Zeichen sein. Er fuhr fort: „Das 'Fencing' bedeutet so viel wie 'Einzäunen'. Ich verstehe das so, dass sich die autonomen Fahrzeuge innerhalb eines um die Straße herum virtuell eingezäunten Bereichs bewegen. Der Bereich kann nicht verlassen werden. So wie bei einem Mähroboter. Hier steht, dass das System absolut sicher ist. Nur müssen eben andere Verkehrsteilnehmer – Autos, Fußgänger, Radler – noch mit den herkömmlichen Radar-, Lidar-, Ultraschall- oder Kamerasensoren erkannt werden. Das System wird billiger und besser, weil sich diese Sensoren ausschließlich auf die Hauptaufgabe der Erkennung des Verkehrs konzentrieren. Das ist 'mal grob zusammengefasst deren Geschäftsidee."

Hegele musste diese Informationsflut erst noch verdauen. „Gibt es sonst noch etwas Interessantes auf der Internetseite?", wollte er von Akbulut wissen.

Jener tippte und wischte ein paar Mal über das Smartphone. Dann hielt er es seinem Ex-Kollegen vor das Gesicht. „Schau mal! Den kennst Du doch?"

In einer akribisch aufgestellten Reihe von rund zwanzig weißen Testfahrzeugen vor dem Hintergrund einer asphaltierten Teststrecke stand da ein lilafarbener, protziger Geländewagen mit JS-Z-Kennzeichen. Der war so breit, dass er die Notausgänge aller Jettinger Turnhallen mit Leichtigkeit hätte so versperren können, dass da wirklich niemand mehr herauskam. An der geöffneten Fahrertür stand der Geschäftsführer der Pao. Ronny Pietsch war in feinstem Zwirn gekleidet und grinste fett in die Kamera.

Es reichte. Akbulut und Hegele hatten ihre Neugier befriedigt. So viel zum Thema Pao. Der pensionierte Kommissar ahnte zwar, dass Geofencing etwas würde vollbringen können, was seinem silbernen Kleinstwagen auf immer und ewig vorenthalten blieb. Aber das würde er womöglich nicht mehr erleben. Außerdem brachte es sie in ihrem Fall nicht weiter.

Aus der Küche hörten sie jetzt den Ruf: „Mehmet, Du bleibst doch noch zum Abendessen, oder? Wenn Hans den Tisch ab- und die Spülmaschine ausgeräumt hat, könnte er doch für uns alle Döner aus Scheppach holen, oder, Hans?"

Das war der berühmte konsekutive Imperativ von Hegeles Gattin: Sie verstand es, Arbeitsanweisungen so zu verpacken, dass jeder Funke eines Aufbegehrens im Keim erstickt wurde. Die Syntax 'Wenn Du [Aufgabe 1] erledigt hast, dann fange mit [Aufgabe2] an!' ließ keinen Platz für Gegenargumente. Hans Hegele musste sich seinem Schicksal fügen, in der Hyundai-Rennsemmel nach Scheppach rasen und dann seinen Neffen Michael auch noch beim Abendessen ertragen.

Akbulut grinste seinen Ex-Kollegen jetzt etwas schadenfroh an. Hegele bemerkte das und entschied, seinen Gast in den Handlungsablauf aktiv miteinzubeziehen: „Mehmet, wenn Du mir geholfen haben wirst, den Tisch ab- und die Spülmaschine auszuräumen, dann fahr doch bitte schon mal den Wagen vor!"

Kurz darauf saßen die beiden eingepfercht und wortlos in Hegeles silbernem Kleinstwagen und fuhren im Mindeltal südwärts in Richtung Scheppach.

Auf Höhe des grauen Grashalms am Autobahnkreisel merkte der Pensionär plötzlich an: „Mehmet, ich glaube wir haben in unserem Fall etwas übersehen! Ich weiß nur noch nicht was."

Beinahe-Defenestration

Freitag, abends. „Woher Du das nur alles weißt, Michael", himmelte Frau Hegele ihren Neffen an. Dieser hatte während und nach dem Abendessen ein Feuerwerk an Klugscheißereien von sich gegeben.

Jetzt war am ganzen Tisch bekannt, dass sich der Name Mindel von den Vindelikern, einem im Voralpenland siedelnden, keltischen Stamm ableitet, der erst nach der Eroberung des Gebiets durch die Römer ins Licht der Geschichte trat. Akbulut hatte vom Hobby-Glaziologen Michael erfahren, dass der Name der Mindeleiszeit des Pleistozäns vom Fluss Mindel abstammt. Und Hans Hegele durfte staunen, dass die Römerstraße Via Julia von Guntia (Günzburg) nach Augusta Vindelicum (Augsburg) führte, dass der Streckenabschnitt der Bayerischen Maximiliansbahn zwischen Burgau und Dinkel am 1. Mai 1854 eröffnet wurde und dass der 2004 eingeweihte, rund 90 Kilometer lange Mindeltalradweg von der Quelle bei Obergünzburg bis zur Mündung bei Gundremmingen reicht.

Und ob die Anwesenden es wissen wollten oder nicht, war ihnen außerdem offenbart worden, dass ein auf '-ingen' endender Ortschaftsname – Jettingen, Röfingen, … , Dürrlauingen, Offingen – auf eine Besiedlung von der Völkerwanderung bis ins frühe Mittelalter hindeutet, insbesondere durch die Alamannen. Jettingen war der Ort eines Sippenanführers mit Namen Uto und Offingen die Siedlung eines Offo. Balzhausen bestand einst aus den Häusern des Baldo.

Als nächstes kam das von Michael Hegele gewählte Gespräch – oder eher: der Monolog – auf die aus der Geschichte geprägten Eigenarten schwäbischer Mundart zu sprechen.

Mit einem oberlehrerhaften Ton fragte er den Kollegen seines Onkels: „Herr Akbulut, wissen sie denn, wie man bei uns in Schwaben die Beine nennt?"

Frau Hegele wusste, was jetzt kommen würde, und klopfte sich vor Lachen auf die Oberschenkel. Herr Hegele wusste, was jetzt kommen würde, und wollte vor Scham in den Boden versinken. Er rollte mit den Augen und schüttelte zwei Mal in der Hoffnung den Kopf, dass ein Wunder geschehen möge. Mehmet Akbulut antwortete nicht. Er ahnte nicht, was jetzt kommen würde.

„Sie wissen das nicht, weil sie ein 'Reigschmeckta', also ein Zugezogener sind? Na, dann muss ich Ihnen das erklären. Zu den Beinen sagt man bei uns 'Fiaß', genau wie zu den Füßen."

Jetzt folgte eine gebetsmühlenartig vorgetragene Reihe menschlicher Körperteile. Frau Hegele kringelte sich bei jedem Wort vor Lachen. Akbulut hörte aufmerksam zu – teils aus Höflichkeit, teils aus dem Glauben, hier wirklich etwas lernen zu können.

„ Der Körper → s'Gschdell
– der Zehen → dr'Zaia
– das Knie → s'Knui
– die Beine → d'Fiaß oder d'Haxa
– das Hinterteil → s'Fiedla
– das männliche Geschlechtsteil → s'Zipfala
– der Bauch → d'Ranza oder s'Beichla (je nach Größe)
– der Rücken → dr'Buckl oder s'Greiz
– die Finger → d'Griffl
– das Herz → dia Bomp
– die Lunge → d'Long
– der Hals → dr'Kraga oder s'Gnagg
– der Mund → d'Gosch oder dr'Riassl
– die Zunge → d'Zong
– die Zähne → d'Zeah oder d'Beißerla
– die Ohren → d'Leffl
– die Nase →d'Noos, d'Riassla oder dr'Zapfa (je nach Größe)

- die Augen → d'Glotzer
- das Gesicht → d'Fisasch
- Sommersprossen → Rossmugga
- eine Kopfbeule → a'Hubbel
- das Gehirn → s'Hira oder s'Oberstübla."

„Und zum Kopf sagt man hier 'Grend'. Wer dickköpfig ist, der hat 'a Grend' oder ist ein 'Grantler'. So wie mein Onkelchen hier: Der hat a Grend wie der Grand Canyon. Stimmt's?" Es machte Michael Spaß, den Ex-Polizisten zur Weißglut zu treiben. Jetzt, da dieser pensioniert war, noch mehr als früher.

Hans Hegeles Frau hatte vor Lachen Tränen in den Glotzern. Die Fisasch ihres Mannes war jetzt rot angelaufen. Man konnte die Schlagadern an seinem Kraga pochen sehen. In seinem Grend spielte sich die Szene ab, wie er mit seinem Fuaß ins Fiedla seines Neffen trat.

Akbulut löste die peinliche Situation auf: „Es ist schon spät. Meine Frau sitzt alleine zu Hause. Ich muss jetzt heim. Vielen Dank für die Einladung." Er war verschwunden, bevor Hegele mit ihm das weitere Vorgehen in den nächsten Tagen besprechen konnte.

Jetzt meldete sich Frau Hegele zu Wort: „Hans, Du könntest doch unseren Michael nach Hause fahren. Wir können ihn doch bei der Dunkelheit nicht heimradeln lassen."

„Das Rad kann man zusammenklappen, dann passt es auch in Deine Mini-Karre, Onkelchen", fügte der Neffe hinzu.

Während der Taxi-Fahrt für den Sohn seines Bruders blieb Hans Hegele vollkommen stumm. Dafür textete ihn sein Neffe voll. Jener berichtete, dass er für die kommende Woche einen Bomben-Auftrag bekommen habe: Trauerreden für die beiden Anschlagsopfer. Beauftragt durch den JSZ-Bürgermeister höchstpersönlich – viel Publicity und möglicherweise Berichterstattungen in Rundfunk und Fernsehen. Und das nicht nur für Trauerredner Michael. Das Konzept seines Neffen stand bereits. Er würde in der Lage sein, die Vorgaben seinen Auftraggebers voll einzubringen. Eine Mischung aus Wünschen für den Frieden auf der Welt und dem allseits beliebten 'es hätte uns alle treffen können'.

Michael Hegele wohnte noch bei seinen Eltern. Dort angekommen lud er das Rad aus und verabschiedete sich mit: „Danke, Onkelchen. Ich gehe morgen Abend auf den von der JSZ-Partei veranstalteten Fackelzug durch Freihalden: Für den Frieden in der Welt und gegen den islamistischen Terror in Schwaben. Ich will mir das zumindest einmal ansehen. Interessiert Dich das auch? Hast Du Lust, dass wir es uns gemeinsam anschauen?"

Wie sollte Hans Hegele auf diese unerwartete Einladung reagieren? War das ein ernst gemeintes Friedensangebot seines Neffen? Vielleicht hatte der ja verstanden, wie sehr er ihn mit dem Wort 'Grantler' verletzt hatte, und wollte das jetzt wieder gut machen.

Hegele bestätigte: „Ok, machen wir."

Michael antwortete: „Super, dann kannst Du mich ja in Deinem Auto mitnehmen und ich muss nicht mit dem Zug nach Freihalden fahren ... der hält dort nämlich am Samstagabend nur alle Stunde. Und es ist sowieso viel unbequemer als mit dem Auto gefahren zu werden." Dann schlug er die Beifahrertür zu und lief in Richtung Hauseingang.

Ex-Kommissar Hegele wartete noch. Er reflektierte im dunklen Innenraum seines Kleinstwagens darüber, was der vergangene Nachmittag und Abend an Positivem für ihn gebracht hatte: Ein paar Infos über die Firma Pao und die Nachricht, dass die JSZ einen Fackelzug veranstalten wird. Außerdem die Gewissheit, dass seine Frau ihm gegenüber niemals den Vorschlag machen würde, das zweite Auto – seine silberne Kiste – abzuschaffen. Insofern war Neffe Michael der Garant für Hegeles Mobilität bis ins hohe Alter.

Er startete den Motor, legte den Gang ein und fuhr los. Im Radio lief ein Bericht über die anlaufenden Massenzeugenbefragungen im Fall des Freihaldener Terroranschlags.

Defätist

Samstag, frühmorgens. Was für eine Nacht! Selbst der Ausdruck 'bluadiger Hund' hätte nicht ausgereicht, den Albtraum zu beschreiben, der Hegele zu dieser frühen Morgenstunde schweißgebadet aus dem Schlaf gerissen hatte: Gefangen in der Turnhalle der Hauptschule Jettingen – alle Fluchttüren durch eine Flotte Veilchen-lilaner Geländewagen blockiert – bedrängt von einer aus dem Atomschutzbunker im Keller strömenden, des Krieges Hund entfesselnden Horde von JSZ-Fackelzüglern: Jettinggeddon!

Draußen war es noch stockdunkel. Seine Frau ruaßelte leise im Bett neben ihm. Der Ex-Kommissar stand auf und schlich sich im spießigen Schlafanzug durch den Flur ins Bad. Dort ließ er die feuchten Hüllen auf den Boden fallen, machte einen Schritt hinein in die Dusche und drehte den Hahn auf. Das Wasser rieselte von der Brause eiskalt auf seine Glatze und von da aus seinen Körper hinunter. Die Kälte verursachte in ihm keinen Schmerz – vom Zipferle einmal abgesehen, aber das konnte er aushalten.

Nach der Dusche schlich er sich in die Küche, ließ sich einen Kaffee aus dem Vollautomaten und setzte sich hin – den flachen Tablet-Computer seiner Frau vor sich auf dem kleinen Küchentisch. Nach wenigen Minuten hatte er den Startknopf wiedergefunden. Keine weitere Viertelstunde später erinnerte er sich wieder, wie man durch Wischen auf dem Bildschirm das Internet-Suchprogramm startete und bediente. Draußen wurde es langsam hell. Die Eingabe der Stichworte 'Jettingen-Scheppach' und 'Neuigkeiten' lieferte ihm eine ganze Liste von Treffern. An oberster Stelle standen Berichte über die für die kommende Woche geplante Eröffnung des neuen IKEA-Markts südlich der

Autobahn. Dafür hatten die Wiesen der alten Scheppacher Mühle am Scheidgraben weichen müssen – und alle fanden das gut.

Der nächste Eintrag interessierte Hans Hegele mehr: Nach Polizeiangaben hatten sich die Indizien für einen islamistisch-terroristischen Hintergrund des Freihaldener Attentats erhärtet. Immerhin wurde die Quelle des Bekennerschreibens im Internet mittlerweile von den Experten als höchst vertrauenswürdig eingeschätzt, da die zugehörigen IP-Adressen bereits rund um frühere Anschläge in Europa in Erscheinung getreten waren. Demzufolge konzentrierten sich alle Ermittlungen nun auf die Suche nach diesen Tätern mit islamistischem Hintergrund. Die Aufklärung des Verbrechens war somit nur noch eine Frage der Zeit. So zumindest der Verfasser des Berichts im Internet. Sehr positive Neuigkeiten also.

Hegele nahm sein schwarzes Mobiltelefon in die Hand, wählte Akbuluts Nummer und hielt sich den Knochen ans Ohr. Nach mehrmaligem Klingeln meldete sich am anderen Ende eine verschlafene Stimme:

„Was?"

Der Pensionär hatte seinen ehemaligen Kollegen doch glatt aus dem Schlaf gerissen. Hegele schaute auf die Uhr. Tatsächlich war es für einen Samstag noch ein klein bisschen früh. Verlegen antwortete er: „Guten Morgen, Mehmet. Ich wollte nur kurz hören, ob Du schon wach bist, weil..."

Akbulut unterbrach ihn: „Ja, jetzt bin ich wach." Er machte eine kleine Pause und fügte dann hinzu: „Definitiv!"

Hans Hegele hörte ein Klicken in der Leitung und dann ein Dauertuten. Irgendetwas musste das Gespräch unterbrochen haben, bevor er zum Punkt hatte kommen können. Er probierte es nochmal. Jetzt war nur noch ein Besetztzeichen am anderen Ende des Anschlusses zu hören. Sein Freund musste doch glatt vergessen haben, den Hörer seines Smartphones richtig auf die Gabel zu legen.

Dem Ex-Kommissar war langweilig. Das erste Mal seit seinem Renteneintritt. Er entschied, freiwillig den im Keller in Kisten sortierten Wertstoffmüll in Säcke zu packen und auf den Wertstoffhof zu fahren, also ohne explizite Aufforderung durch seine Frau. Auch das zum ersten Mal seit seiner Pensionierung. Da Samstag war, hatte heute die für ihn zuständige Müllabgabestelle auf der Nordseite der Autobahn offen. Dort würde er nicht seinen Personalausweis vorzeigen müssen. Und wenn er früh genug da wäre, wäre er der erste, wenn die Tore der Sammelstelle geöffnet wurden, und würde nicht warten müssen.

Auf der Fahrt zum Wertstoffhof versuchte sich Hans Hegele zu erinnern, was ihm am Vortag beim Betrachten der Internetseite der Pao-Autonomous so merkwürdig vorgekommen war. Aber es fiel ihm nicht ein. Er entschied, nach seiner Rückkehr nochmal die Webseite der Firma auf dem Tablet-PC seiner Frau anzuklicken, um seinem Gedächtnis auf die Sprünge zu helfen.

Als Hegele nach Hause zurückkehrte, hatte seine Gattin schon ein Frühstück hergerichtet. Sie war sichtlich angenehm überrascht, dass ihr Mann einmal etwas gemacht hatte, ohne dass man es ihm hatte anschaffen müssen. Der Tag fing für Pensionär Hegele deshalb sehr gut an. Wenn das so weiterging, dann würde er seinen Fall bald gelöst haben.

„Hans, Dein Freund Mehmet hat angerufen. Du sollst ihn zurückrufen!"

Endlich war dieser also wach. Hegele griff sofort zu seinem Festnetztelefon und wählte Akbuluts Telefonnummer. Sie mussten unbedingt die weitere Vorgehensweise absprechen.

Sein Ex-Kollege meldete sich: „Hans, meine Frau meinte, dass es falsch ist, wenn ich mich weiter in die Ermittlungen einmische. Und dass es besser ist, wenn wir das Thema der Polizei überlassen. Ich sehe das inzwischen genauso wie meine Frau. Wir sind da etwas hinterhergelaufen, was uns nichts mehr angeht. Ab sofort bin ich also draußen!"

Old School

Samstag, vormittags. Wenn man jemanden von seiner Überzeugung abzubringen versucht, dann verhält er sich wie ein Süchtiger. Hans Hegele bildete in dieser Hinsicht keine Ausnahme. Das Aussteigen Akbuluts aus den gemeinsamen Privatermittlungen spornte ihn nach einigem Sinnieren nur noch mehr an, weitere Nachforschungen anzustellen. Nein! Er lief sicherlich nicht etwas hinterher, was ihn nichts anging. Immerhin hatte Ex-Kommissar Hegele sein ganzes Polizistendasein der Sicherheit der Menschen im Freistaat gewidmet. Eine solche Lebenseinstellung ließ sich doch nicht so einfach mit dem ersten Pensionsbescheid löschen. Jetzt erst recht!

Hätte die Frau des ehemaligen Polizeibeamten von diesen Gedankengängen ihres Mannes gewusst, dann hätte sie diese wohl zutreffend als Ausdruck von Veränderungsblindheit diagnostiziert. Zum Glück ahnte sie nichts von Hegeles avisiertem Alleingang. Also gab sie ihm bereitwillig ihren Tablet-PC, als er sie höflich danach fragte. Sogleich setzte er sich an den Küchentisch und gab 'Pao-Autonomous' in die Suchmaschine ein. Dies führte ihn nach ein paar Klicks auf die Internetseite der Firma und nach ein bisschen Wischen auf genau das Bild, das am Vorabend unbewusst einige versteckte Neuronen in seinem Hirn zum Aufleuchten gebracht hatte:

Der grinsende Geschäftsführer an seinem lila Geländewagen. Was das erneute Feuerwerk seiner Hirnzellen jetzt auslöste, war aber nicht die auffällige, an einem Fahnenmast im Hintergrund gehisste Veilchen-lila Flagge des Fußballklubs Erzgebirge Aue, an der sich die Sportbegeisterung des Firmenchefs manifestierte. Nein. Es waren die dahinter aufgereihten Erprobungsfahrzeuge. Allesamt weiß, alles SUVs, alle ausgestattet mit die Frontpartie vor Beschädigung schützenden, chromglänzenden Büffelfängern.

„Bluadiger Hund!"

Hegele wollte schon reflexartig zum Telefon greifen, um Mehmet Akbulut anzurufen und seine Beobachtung mit ihm zu teilen. Aber er besann sich vorher noch eines Besseren und erinnerte sich an dessen Entscheidung, dem Willen seiner Frau zu folgen und dem Defätismus seinen Lauf zu lassen. Sollte der doch bleiben, wo der Pfeffer wächst. Ex-Kommissar Hegele würde auch alleine weiterkommen.

Er las weiter auf der Homepage der Firma. Da war von Deep Learning, neuronalen Netzen, Big Data, Pattern Recognition die Rede. Die Webdesigner brannten zudem ein Feuerwerk ab an allerhand Fachbegriffen aus dem Automobilentwicklermilieu. Keine Ahnung, ob die selbst verstanden, was sie da schrieben. Es klang wenigstens sehr gut und sehr modern – cool und hip. Hegele jedenfalls verstand nichts. Für ihn war ein Fahrzeug von jeher ein Gerät, um vom Punkt A nach B zu kommen. Winterräder konnte er selbst montieren und mit dem Prinzip eines Verbrennungsmotors war er durchaus vertraut. Das war es aber auch schon – mehr war nicht von ihm zu erwarten. Sein Wissen um Autos war Anfang der 90er in der analogen Welt stehengeblieben. Sowieso war die Digitalisierung nach seiner Ansicht nur eine Verschwörung der jungen Leute, um alte Langweiler wie ihn umzubringen und an deren billige Mietwohnungen zu kommen.

Hegele wurde klar, dass er sich mit dieser Spur bald auf für ihn unbekanntes Terrain begeben würde. Der Old-School-Ermittler brauchte einen versierten Verbündeten. Jemanden, der sich in der Automobilindustrie und mit Computern bestens auskannte.

Jemanden wie ...

A.I.

Samstag, um die Mittagszeit. „Bluadiger Hund!", dachte sich Hegeles Gattin, sprach das aber nicht laut aus. Nie im Leben hätte sie das erwartet, was ihr Mann ihr gerade offenbart hatte.

„Und Du holst ihn wirklich freiwillig ab?", fragte sie jetzt ungläubig nach – immer noch baff ob der Ankündigung, dass ihr Hans seinen Neffen zu ihnen nach Hause zum Mittagessen eingeladen hatte. Doch Hegele hatte schon längst seinen altbackenen, beigen Blouson von der Garderobe geschnappt und war aus der Eingangstür spaziert.

Keine halbe Stunde später saßen alle drei am Tisch. Die Frau des Ex-Kommissars und Michael unterhielten sich lebhaft. Rentner Hegele schlürfte nur still die Suppe, die seine Gattin schnell noch aufgeköchelt hatte. Er wartete geduldig auf seine Chance – die Gelegenheit, endlich mit seinem Neffen alleine zu sein und ihn über diejenigen Themen auszufragen, die ihm unter den Nägeln brannten.

Endlich war es soweit. Die Chefin des Hauses verzog sich mit einem „Lasst mal, das mach' ich schon!" und drei leeren Tellern vom Esszimmer in die Küche.

Sofort schob sich Hans Hegele auf seinem Stuhl näher an Michael Hegele heran. Er fragte ihn gerade so laut, dass es seine Frau in der Küche unmöglich hören konnte: „Du bist doch Experte für Autocomputer und so … ich hab' da mal ein paar Fragen."

Sein Neffe fühlte sich sichtlich geschmeichelt: „Na dann schieß mal los, Onkelchen!"

Der Ex-Cop hatte sich eine Taktik zurechtgelegt. Erst ein paar harmlose Fragen, die ihn selbst als Unwissenden outeten, um Michaels Zunge zu lösen. Dann dessen Kenntnisse und Einschätzungen abgrasen, um ein mögliches Handlungsprofil zu erstellen. Das hatte er sich von Inspektor Columbo abgeschaut und in seinem früheren Beruf erfolgreich angewandt.

„Man spricht immer von Künstlicher Intelligenz im Auto, von neuronalen Netzen und Big Data. Was ist das überhaupt?"

Sein Neffe schien den Köder geschluckt zu haben. Er begann seinen Antwort-Monolog in dem bekannt oberlehrerhaften Stil: „Also, da muss ich ganz weit ausholen. Bis in eine Zeit, als die Automobilentwickler noch auf Dinosauriern in die Arbeit ritten."

Er grinste seinen Onkel an. Dieser grinste mehr aus Höflichkeit denn aus Erheiterung über diesen Kalauer zurück. Michael bemerkte das, aber es war ihm egal.

„Früher, als die ersten Steuergeräte für Autos entwickelt wurden und man merkte, dass man mit Software in digitalen Mikrorechnern viel mehr erreichen konnte als durch irgendwelche Relais oder Taster, da hat man die Algorithmen zur Auswertung von Sensoren und Ansteuerung von Funktionen noch mit der Hand geschrieben. Man hat die Aufgabe beschrieben und daraus einen Entwurf gemacht, wie das Problem zu lösen ist. In der Regel basierte so ein Design auf einem Modell, das die Physik der Aufgabenstellung beinhaltete. Das Problem musste also derart einfach sein, dass es durch ein Modell beschrieben werden konnte. Zudem war der Entwickler der Herr über das Modell und musste alle Facetten und Auswirkungen verstehen. Die Systemreaktion war damit vorhersehbar. Dann hat man diese Lösung als Softwarecode implementiert, also programmiert, und anhand von Sensordaten getestet. Ich möchte Dir das einmal an einem ganz einfachen Beispiel verdeutlichen."

Onkelchen spitzte die Ohren.

„Nehmen wir einmal die Aufgabe, bei einem Unfall einen Airbag rechtzeitig auszulösen. Wir sprechen da von wenigen Tausendstel einer Sekunde. Der Aufprall lässt sich an einer abrupten Verzögerung, das heißt einer hohen negativen Beschleunigung erkennen. Das physikalische Modell kann sein, dass man den Airbag auslöst, wenn und sobald diese Verzögerung einen Schwellwert überschreitet. Die entsprechende Implementierung ist dann, dass man einen Beschleunigungssensor im Auto einbaut, der solch große Verzögerungen etwa tausend Mal pro Sekunde messen kann, und die Daten einem Mikrocomputer zur Verfügung stellt. Der darin ablaufende Code vergleicht jede Millisekunde den Beschleunigungswert gegen die Schwelle. Bei Überschreiten schaltet dieser Computer einen Transistor frei, der Strom durch die Zündpille des Airbags jagt. Und 'bumm!', hängt der Beutel draußen. Capisci?"

Bisher konnte Hans Hegele seinem Neffen noch folgen. Der hatte inzwischen einen Stift aus der Brusttasche seines karierten Hemds gezogen und das Modell schematisch auf eine noch herumliegende, gelbe Papierserviette gekritzelt. Den Stift steckte er jetzt wieder zurück, gleich neben das aus der Brusttasche herauslugende, ebenfalls gelbe Reclam-Heftchen. Michael erklärte: „Die x-Achse ist die Zeit – das hier ist die negative Beschleunigung durch den Aufprall und das ist die Auslöseschwelle für den Airbag – hier werden also die Airbags gezündet."

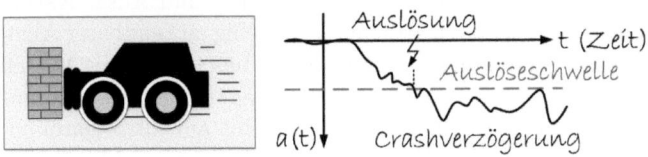

Hegele nickte zustimmend. Seine Gedanken drehten sich aber gerade um das Reclam-Heft. Las sein Neffe so etwas wirklich? Oder war es nur ein Gimmick, um eine nach außen sichtbare Kongruenz zwischen seinem Look und seinem Selbstbild als Philosoph und Intellektueller herzustellen?

„Als ich noch hochkomplexe Algorithmen für die Automobilindustrie entwickelte ..."

Hegele wusste genau, dass sein Neffe Michael über ein

Praktikum bei einem Autokonzern nie hinausgekommen war
– und selbst das hatte er vorzeitig abgebrochen.

„... da hatte ich die Intrusion während eines Crashes über
ein Feder-Masse-Modell abgebildet."

Er nahm jetzt wieder seinen Stift aus der Brusttasche und
kritzelte hieroglyphenartige, mathematische Zeichen auf die
Serviette.

$$F = -k \cdot x, \quad F = m \cdot \ddot{x}, \quad x(0) = 0, \quad \dot{x}(0) = v_0,$$

$$\text{also } x(t) = \frac{v_0}{\omega_0} \cdot \sin(\omega_0 \cdot t) \text{ mit } \omega_0 = \sqrt{\frac{k}{m}}.$$

Pensionär Hegele musste einschreiten, um nicht an Langeweile zu sterben, bevor Michael mit seinem Monolog fertig werden würde. Er fiel ihm ins Wort: „Und was ist jetzt
der Unterschied zwischen Deiner und einer künstlichen Intelligenz?"

Michael ging sofort darauf ein: „Hier muss man eigentlich noch einmal unterscheiden. Zwischen deterministischer
und adaptiver, also sich selbst anlernender künstlicher Intelligenz. Aber das Prinzip ist bei beiden das gleiche. Auf
vorliegenden Daten soll das System eine gewünschte Aufgabe erfüllen. Die Problemstellung ist also über die Daten
definiert. Man spricht da von Eingangs- und Ausgangsvek-
toren. Jetzt wird ein abstrakter, beliebig anwendbarer Algorithmus ohne inneres, das Problem beschreibendes Modell
auf diese Daten trainiert: Die Parameter des Algorithmus
werden einfach so lange verändert, bis auf allen Datenpa-
keten das gewünschte Ergebnis herauskommt. Man nennt
das 'Anlernen' oder 'Trainieren'. Der Vorteil dabei ist, dass
man eine viel bessere Optimierung hinbekommt. Denn der
Zweck heiligt die Mittel. Nur das Ergebnis zählt. Man ist
dabei eben nicht an ein Modell oder irgendwelche Regeln
gebunden. Das ganze Wissen liegt rein in den Daten."

Hegeles Neffe machte eine kleine Pause, um den Spannungsbogen aufzubauen.

„Onkelchen, verstehst Du, was das heißt? Das, was man gemeinhin 'künstliche Intelligenz' nennt, sollte man eigentlich als 'künstliche Dummheit' bezeichnen. Denn da steckt kein bisschen Phantasie oder Geist oder Schaffenskraft oder Genie dahinter! Sind die Trainingsdaten unvollständig, dann kommt da Müll raus. Und um so optimaler auf den trainierten Daten, desto schlechter ergeht es allen anderen..."

Langsam begann Onkelchen zu verstehen. Die Technologie war dabei, unseren Verstand und mit ihm die ganze Gesellschaft in Geiselhaft zu nehmen. Die neuen Werkzeuge waren faszinierend, bestimmend, mächtig, überfordernd. Bremsen war zwecklos. Unwiderrufliches würde geschehen. Am Ende würde kein Stein mehr auf dem anderen bleiben.

Jetzt illustrierte Michael seine Kritik an einem Beispiel: „Also, nehmen wir einmal rein hypothetisch an, dass die Güte eines kamerabasierten Notbremssystems für Autos daran gemessen würde, wie es auf eine die Straße überquerende Puppe mit schwarzer Jacke, blauer Hose und hellem Gesicht reagiert. Und nehmen wir einmal an, dass wir wüssten, dass dieses Erkennungsproblem über künstlich antrainierte Intelligenz gelöst würde. Was solltest Du Dir dann anziehen, wenn Du das nächste Mal über einen Zebrastreifen gehen willst? Und wie wird es dann dem Austauschstudenten aus Kamerun im Straßenverkehr ergehen?"

Michael schnaufte kurz durch. Der Studienabbrecher ließ jetzt durchblicken, dass an ihm ein Professor verlorengegangen war: „Diese Künstliche Intelligenz beruht auf Korrelation statt auf Kausalität. Ihr fehlt es an allen vier Kriterien, die gemeinhin und anerkannterweise Intelligenz ausmachen: Erstens die Kenntnis über den Zusammenhang zwischen Ursache und Wirkung. Zweitens Flexibles Denken. Drittens Gelerntes neu Anwenden – die Betonung liegt hier auf 'neu'. Und viertens mentale Zeitreisen, das heißt ein vorausschauendes Planen."

Hans Hegele verstand und wusste, das eben Gelernte sofort neu – mit Betonung auf 'neu' – anzuwenden: Die künstliche Intelligenz der neuronalen Netze der Profiler hatte nämlich auch im Kasus Freihalden auf einen islamistischen Terroranschlag entschieden. Die Korrelation mit anderen Fällen – weißer Transporter etc. – war dazu ausreichend. Einer Kausalität bedurfte es nicht. Aber was war denn so ein 'neuronales Netz' überhaupt? Er fragte seinen Neffen: „Was ist denn so ein 'neuronales Netz' überhaupt?"

Michael Hegele holte wieder den Stift aus seiner Brusttasche, drehte die vor ihm liegende Serviette auf die unbekritzelte Seite um und zeichnete eine Art Baumdiagramm. Dann erzählte er etwas von Koeffizienten, von Aktivierungsfunktionen und von Layern oder Schichten. Sein Onkel hörte aufmerksam zu, verstand aber nicht die Bohne. Das war auch nicht notwendig. Es war nur der Prolog, um auf das eigentliche Thema zu sprechen zu kommen.

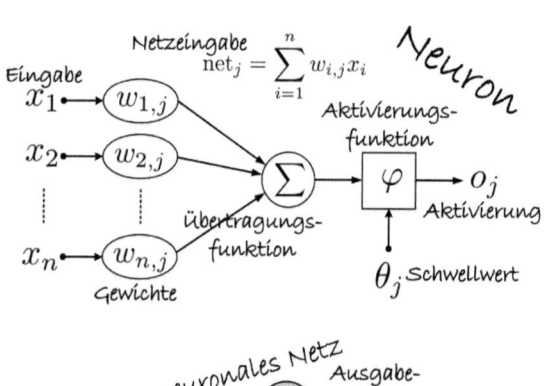

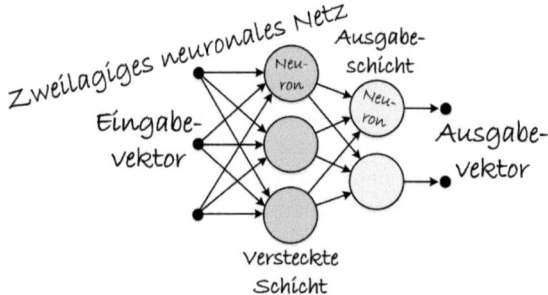

Arbeitshypothese

Samstag, am frühen Nachmittag. Wie sollte Hans Hegele das Thema auf die ihn eigentlich interessierende Fragestellung lenken? Wie konnte er den monologartigen Wortschwall seines Neffen unterbrechen?

Michael machte es ihm leicht: „Onkelchen? Jetzt muss ich 'mal ganz dumm fragen..."

Der Ex-Cop spitzte die Ohren. Sich selbst mit der Wertung 'dumm' in Beziehung zu setzen, war nicht die typische Art seines Neffen.

„Du willst doch nicht mit mir über neuronale Netze sprechen, oder? Die Einladung zum Mittagessen, das Abholen, das Gespräch hier unter vier Augen... Normalerweise verziehst Du Dich doch immer, bevor Du in die Gefahr gerätst, Dich mit mir unterhalten zu müssen."

Erwischt! Hans Hegele wurde rot im Gesicht. Aber ihm blieb erspart, seine wirklichen Beweggründe zu offenbaren.

„Onkelchen, ich glaube, es geht Dir um etwas anderes. Ich bin ja nicht blöd."

Da war es wieder: 'Ich' und 'blöd' in einem Satz.

„Du und Dein Freund, der Mehmet Akbulut, Ihr seid an dem Fall mit Freihalden dran. Ihr zwei glaubt nicht, dass es ein Terroranschlag war. Und jetzt ermittelt Ihr zwei in eine andere Richtung: Ob es was mit der Pao zu tun hat!"

Hegele nickte zustimmend mit dem Kopf. Selbst wenn die Vermutung, dass Akbulut noch mitmachte, seit heute früh falsch war.

„Industriespionage?"

Hegele schüttelte den Kopf. Nein, das war es definitiv nicht.

„Ein Unfall?"

Hegele nickte.

„Mit den Erprobungsfahrzeugen der Pao-Autonomous?",
fragte Michael nach.

Jetzt war es heraus. Der Pensionär bestätigte mit einem leisen: „Ja!" Wären sie bei 'Was bin ich?' gewesen,
dann hätte der Kandidat jetzt mit nur fünf Mark in seinem Schweinchen abziehen müssen. Hegele fragte sich, ob
Michael Robert Lembkes spießige Show aus dem Schwarz-
Weiß-Fernsehen des vorigen Jahrtausends überhaupt kannte.

Klugscheißer Michael triumphierte: „Hab' ich's mir doch
gedacht, Onkelchen! Mir war das gleich aufgefallen, als Du
angefangen hast, mich über so technische Dinge auszuhor-
chen. Da hättest Du mich aber auch frei von der Leber weg
fragen können – nur kein Blatt vor den Mund nehmen!"

Der Ex-Kommissar nahm ihn beim Wort. Er antwortete
rau: „Na, dann fangen wir damit an: Ich will, dass Du mich
ab sofort nicht mehr 'Onkelchen' nennst. Ich habe einen
Namen."

Michael schluckte. Dann erwiderte er: „Ok, Onkel Hans.
Und wenn ich Dir jetzt helfe, dann will ich, dass Du mir im-
mer montags, mittwochs und freitags Dein Auto überlässt."
Er ließ diese Forderung sacken. Dann fragte er: „Deal?"

Das war Erpressung. Hegele überlegte kurz. Er machte
eine Abwägung, wie seine Chance stehen würden, wenn er
Michael nicht auf seiner Seite hätte. Dann schluckte er und
antwortete: „Deal!"

Hegeles Gattin kam in diesem Augenblick mit einem Stapel frisch gespülter und abgetrockneter Teller ins Esszimmer gestürmt, um diese in den Vitrinenschrank zu stellen.
„Und, unterhaltet Ihr Euch auch gut?"

Die beiden Angesprochenen nickten zustimmend.

„Das ist ja super, dass Ihr zwei Euch so gut versteht!" Sie
grinste zufrieden über beide Ohren und machte damit allen
Honigkuchenpferden des Mindeltals heftig Konkurrenz.

Aruba

Samstag, nachmittags. Der ehemalige Kommissar hatte jetzt alles Recht, seinen neuen Angestellten hart ranzunehmen. In weiteren geheimen Verhandlungsgesprächen – natürlich durfte Hegeles Gattin davon nichts wissen – hatte Michael herausgehandelt, dass sein Onkel auch die bei der vereinbarten Autobenutzung anfallenden Spritkosten übernehmen würde: Beerdigungsfahrten Flat-Rate und 'all inclusive' für die nächsten 12 Monate. Der Neffe hatte ihm im Gegenzug zugesagt, die gesamten IT-Aktivitäten mitsamt Recherche zu übernehmen. Die ultimative Symbiose, in der beide ihre Talente zur maximalen Synergie verbanden. Sie waren jetzt wie Sherlock Holmes und Dr. Watson, aber keiner der beiden sprach das offen aus. Zumal ihre Zusammenarbeit weniger auf Zuneigung basierte, denn auf einem zweckgebundenen, befristeten Kooperationsvertrag.

Die beiden verzogen sich ins Wohnzimmer. Michael machte sich auf einem der bequemen Ledersessel sogleich ans Werk. In Windeseile hatte er seinen Tablet-PC, den er stets mit sich führte, mit einer Mini-Tastatur zu einer mobilen Arbeitsstation ausgebaut und sich in das W-Lan-Netzwerk der Hegeles eingehackt. Keine Viertelstunde später hatte er bereits die Informationen, die sein Onkel brauchte:

„Onkelch..., äh, Onkel Hans, aus meinen Recherchen im Netz ergibt sich, dass die weißen Autos aus der Pao-Fahrzeugflotte auf deren Internetseite alle mit diesem autonomen, GPS-gesteuerten Fahrsystem ausgestattet sind. Am Mittwoch gab es eine Vorführung für die Prominenz aus der lokalen Politik und Wirtschaft. Die Pao-Autonomous stellte die neue Version 3.0 ihres Geofencings vor, welches noch präziser und noch zuverlässiger arbeiten soll. Außerdem soll es so funktionieren, dass man es in fast jedem Auto nachrüsten kann. Angeblich genügen ein paar Kabel, um das Gerät in Betrieb zu nehmen. Diese Demonstration war mit einer gut geplanten PR-Aktion und dem Schalten von Werbung im überregionalen Rundfunk verbunden."

Onkel Hans hörte aufmerksam zu. Von seinem Neffen erfuhr er über das riesige Umsatzpotential, das eine erfolgreiche Markteinführung mit sich bringen würde – und im Gegenzug Gewerbesteuern in die Kassen der Marktgemeinde Jettingen-Scheppach spülen würde, die dann im Mindeltal höchstens mit denen des ehemaligen Atomkraftwerks Gundremmingen vergleichbar wären.

Am Mittwoch waren alle autonomen Erprobungsfahrzeuge mit den geladenen Gästen am Steuer unterwegs, als um Viertel vor zwölf Uhr mittags über Funk die Anweisung kam, die Systeme abzuschalten und sofort zurückzukehren. Als Grund wurde eine ungeplante technisch-zeitliche Einschränkung angegeben, die eine Fortführung der Demonstration nicht zuließ. Diese Begründung war in den Presseberichten des folgenden Tages nicht hinterfragt worden – zumal der Terroranschlag in Freihalden der Pao-Autonomous ein wenig den Rang abgelaufen hatte.

Das Unternehmen selbst, so hatte Michael durch ein paar Mausklicks herausgefunden, war in mehrere rechtlich selbständige Einheiten aufgeteilt, die Eigentum der Pao-Holding mit Sitz in Liechtenstein waren. Alle Rechte, Patente, Marken wurden von der Pao-Knowledge gehalten. Deren Headquarter lag auf der Insel Aruba. Hegeles Neffe schlug Ort und Straße auf einem Satellitenbild einer Suchmaschine im Internet nach und fand dort nur die Ansicht eines heruntergekommenen Wohnblocks im Nordosten des Hauptorts Oranjestad. Die Pao-Knowledge wiederum gehörte einem Capital-Invest-Unternehmen. Trotz Anwendung einiger Internettricks konnte Michael weder den Namen des Geschäftsführers der übergeordneten Holding noch der Investoren und Teilhaber ausfindig machen. Hier war Schluss und das

Firmengeflecht verlief sich. Für die Kapitalflüsse und den Cash-Flow war eine Firma namens Pao-Clearing mit Hauptsitz in Maastricht zwischengeschaltet. Sie führte die Überweisungen der gewinnschmälernden Intellectual-Property-Gebühren nach Aruba durch und anschließend den Transfer des Ertrags vor Steuer nach Liechtenstein.

„Kann man sehen, wie viel Gewinn das Unternehmenskonglomerat im Jahr macht?", wollte der ehemalige Kommissar wissen.

„Nein, die sind alle nicht verpflichtet, ihre Bilanz zu veröffentlichen. Auch die Struktur habe ich mir mühsam aus den Beschreibungen und Impressen der Internetauftritte zusammenreimen müssen. Aber das hier ist noch interessant. Wenn ich den Namen des Geschäftsführers der Pao-Clearing in die Suchmaschine eingebe, dann kommt das:"

Er winkte Hans Hegele herbei. Der platzierte sich hinter dem Sessel, auf dem Michael mit seinem Tablet-PC auf den Knien und angeschlossener Tastatur auf dem Schoß in thrombosefreundlicher Position hockte. Der Ex-Cop verfolgte auf dem Bildschirm, wie sich sein Neffe durch die Urlaubsfotos der Tochter dieses Geschäftsführers klickte: Bilder von unbeschwerten Ferien auf einer weißen, dreimastigen Segelyacht vor der malerischen Kulisse eines türkisblauen Meeres und einer karibischen Inselwelt.

War das ein Vorschlag seines Neffen, den nächsten Urlaub gemeinsam auf einem Segelturn zu verbringen? So gute Freunde waren sie in den letzten zwei Stunden doch nun auch wieder nicht geworden!

„Du guckst nicht richtig hin!", beschwerte sich Michael bei seinem Onkel. Mit Daumen und Zeigefinger der rechten Hand wischte er nun ein paar Mal über den Bildschirm des Tablets-PCs. Jetzt wurden auf dem gerade gezeigten Bild die Gesichter der braungebrannten Segelgesellschaft auch für Hans Hegeles Rentneraugen erkennbar. Neben dem Geschäftsführer Ronny Pietsch der Pao-Autonomous nebst Frau Mandy waren da auch der JSZ-Bürgermeister in Badehose und dessen Gattin im die Problemzonen nicht verdeckenden Bikini zu sehen. Sie prosteten sich gerade mit exotischen Drinks zu. Im Hintergrund wartete das Personal in kurzen, marineblauen Hosen, gleichfarbigen Polohemden und weißen Stoffschuhen auf die nächsten Anweisungen.

„Willst Du wissen, wo die waren und wem das Schiff gehört?" Michael wartete nicht auf die Antwort, sondern klickte ein paar Bilder weiter. Eine Bande von Kindern war gerade dabei, die Jetskis zu besteigen, die ihnen das Yachtpersonal auf einem Ausleger am hinteren Ende des Segelschiffs klargemacht hatte. Am Heck des Boots prangte in großen, goldfarbenen Lettern auf weißem Grund der Name des Schiffs: 'JSZ'. Darunter stand in etwas kleineren Buchstaben 'Oranjestad (Aruba)'.

Hans Hegele war geschockt – in dreierlei Hinsicht. Das, was sein Neffe innerhalb weniger Minuten über die Pao im Internet herausgefunden hatte, war sicherlich kein Indiz für eine Straftat oder irgendwie unrechtmäßiges Verhalten. Es war sicherlich alles legal innerhalb des vom Gesetzgeber vorgegebenen Rahmens. Und es hatte sicherlich keinerlei unmittelbaren Berührungspunkte zu seinem Fall Freihalden. Hegele spürte eine Abneigung, da irgendwelche weiteren Spekulationen anzustellen.

Dennoch kam erstens dieses internationale Agieren der sonst als so bodenständig angesehenen Provinzler für ihn vollkommen unerwartet. Es sprengte seine naive Vorstellung von den Menschen im Mindeltal, die er während seiner Tätigkeit als Kriminalkommissar entwickelt hatte.

Zweitens wurde ihm bewusst, wie viel manche Leute von sich preisgaben. Das, was hinter dicken Tresortüren verschlossene Bilanzen und Geschäftsbücher als Geheimnis verbargen, konnten zwei unschuldige, auf Facebook, Instagram & Co. gepostete Bilder ans Licht bringen. Und warum? Die Social Media-Unternehmen nutzten die Verletzlichkeit der menschlichen Psyche gezielt aus, belohnten jeden Post mit der Hoffnung auf einen Dopamin-Kick beim Aufpoppen des ersten 'Like'. Nur Gott weiß, was es einmal mit den Hirnen unserer Kinder angestellt haben wird.

Drittens und letztens hatte er seinen Neffen unterschätzt. Er würde ihn wohl aus seiner mentalen Schublade mit Aufschrift 'Nixnutzige Siache' herausholen müssen.

Hegeles Frau kam erneut ins Wohnzimmer gestürmt. Sie strahlte bis über beide Ohren. Auf den Händen trug sie ein silbern glänzendes Metalltablett, darauf zwei randvoll gefüllte Kaffeetassen und die 'Plunderstückchen', die ihr so geliebter Michael so mochte. Die hatte sie noch schnell beim Bäck geholt, bevor der für's Wochenende zumachte. Sofort verließ sie den Raum wieder: „Das ist ja wirklich toll, dass Ihr zwei so gut miteinander auskommt!" Das 'Ihr zwei' sprach sie besonders betont aus, was ihrer Freude noch mehr Ausdruck verlieh.

Der Pensionär schob jetzt eine Tasse und einen Unterteller mit Gebäck so auf dem Wohnzimmertisch zu seinem Neffen hin, dass der beide – ohne aufstehen zu müssen – bequem erreichen konnte. Dann biss er selbst in ein solches Teil und fasste – schmatzend und mit halbvollem Mund – zusammen, welche Theorie er sich zusammengereimt hatte: „Ich habe folgende Arbeitshypothese: Am Mittwoch Morgen fahren mehrere ..."

„Zwölf!", fiel ihm Michael ins Wort.

„... fahren die zwölf weißen Autos der Pao-Autonomous mit deren neuen Geofencing-Systemen zu Demonstrationszwecken durch die Ortschaften des Mindeltals. Um Viertel vor zwölf werden sie alle planmäßig zurückbeordert. Grund ist die bevorstehende Abschaltung der GPS-Positionsbestimmung, denn es wäre nicht verkaufsfördernd, wenn die Systeme ausfallen würden. Auf dem Rückweg hat eines der Fahrzeuge einen Unfall. Der Fahrer begeht Unfallflucht. Die ausländischen Kinder können sich nur an ein großes, weißes Auto erinnern. Das wird als Kleinlastwagen fehlinterpretiert und die ganze Terrorismus-Geschichte beginnt."

Michael nickte zustimmend.

„Aber dann habe ich noch ein paar Fragen. Irgendwie passt das alles nicht zusammen", erklärte Hegele. „Warum hat man keine Spuren von Fahrzeugteilen am Ort des Geschehens gefunden? Zerbrochene Scheinwerfer, Plastikteile oder Lackabsplitterungen?"

Neffe Michael tippte nochmal auf seiner Tastatur herum. Dann hielt er seinen Tablet-PC in die Richtung seines Onkels und sagte: „Schau, hier auf dem Bild auf deren Internetseite: Die zwölf weißen Geländewagen haben alle solche riesigen Kuhfänger an der Front montiert. Die sind zwar seit Jahren für Normalsterbliche von den Zulassungsbehörden verboten, aber die Testwagen laufen sicherlich unter einer Ausnahmegenehmigung des Freistaats. Deshalb sind solche Anbauten vermutlich erlaubt und sogar im Fahrzeugschein eingetragen. Mit solchen Bügeln passiert dem Auto beim Aufprall auf ein Lebewesen nichts."

„Außerdem: Wenn die Fahrzeuge nach Jettingen zurückgerufen wurden, warum ist dann der Unfall auf dem Weg hinein nach Freihalden, also in umgekehrter Richtung passiert?", wunderte sich Hegele noch.

Diese Frage beantwortete er selbst: „Das kann eigentlich nur sein, wenn der Fahrer und die Insassen nichts von dem Funkspruch und der Abschaltung der Satelliten wussten. Das bedeutet aber auch, dass das Erprobungsfahrzeug womöglich durch das Geofencing gesteuert unterwegs war."

Michael unterbrach seinen Onkel: „Dann ist der Unfall also genau im Moment des Abschaltens der Satelliten passiert: Die Genauigkeit der GPS-Position ging verloren und das System hat den Wagen in die Menschengruppe gesteuert, weil es dachte, dass die Straße ein paar Meter weiter rechts verlief. Die Radar- und Lidar-Sensoren haben den Fehler erkannt und entgegengesteuert. Das erklärt die auffälligen Reifenabriebspuren auf der Straße. Aber da war es schon zu spät."

„Wenn diese Hypothese stimmt, dann ist ein ähnlicher Fall schon einmal vor geraumer Zeit in Autenried passiert.

Damals ist ein Auto durch einen Biergarten gerast", fügte der Ex-Polizist hinzu. „Es hatte einfach nicht erkannt, dass die Straße eine Kurve macht. Just an diesem Tag hatten sich aufgrund eines Sonnenwinds einige GPS-Satelliten abgeschaltet."

Das ging schneller als erwartet. Allem Anschein nach hatten die beiden Hegeles das Rätsel um den Terroranschlag von Freihalden gelöst. Selbst wenn Beweise fehlten und alles im Moment nur auf einer – zugegeben schlüssigen – Kette von Indizien beruhte. Falls ihre Theorie stimmte, dann handelte es sich um einen Unfall – ein äußerst dummer Zufall. Die beiden Flüchtlingsbetreuer hatten sich einfach nur zur falschen Zeit am falschen Ort befunden.

Dennoch: Zwei Menschen waren jetzt tot. Jemand war damals am Steuer gesessen und hatte sich der Bewertung der Ereignisse durch ein Gericht mittels Unfallflucht entzogen. Der oder die Verantwortlichen mussten vor dem Gesetz zur Rechenschaft gezogen werden. Mehr noch: Die Geschehnisse wurden scheinbar von der Pao-Autonomous unter den Teppich gekehrt.

„Wir sind noch lange nicht fertig. Wie können wir herausfinden, welches Auto den Unfall hatte und wer der Fahrer war?", fragte Hans Hegele seinen Neffen. Ihm war in diesem Moment nicht klar, ob sie hier noch weitermachen konnten oder ob sie ihren Verdacht besser gegenüber der Polizei kundtun sollten – selbst wenn diese immer noch an der Theorie eines Anschlags festhielt.

Michael zuckte mit den Schultern.

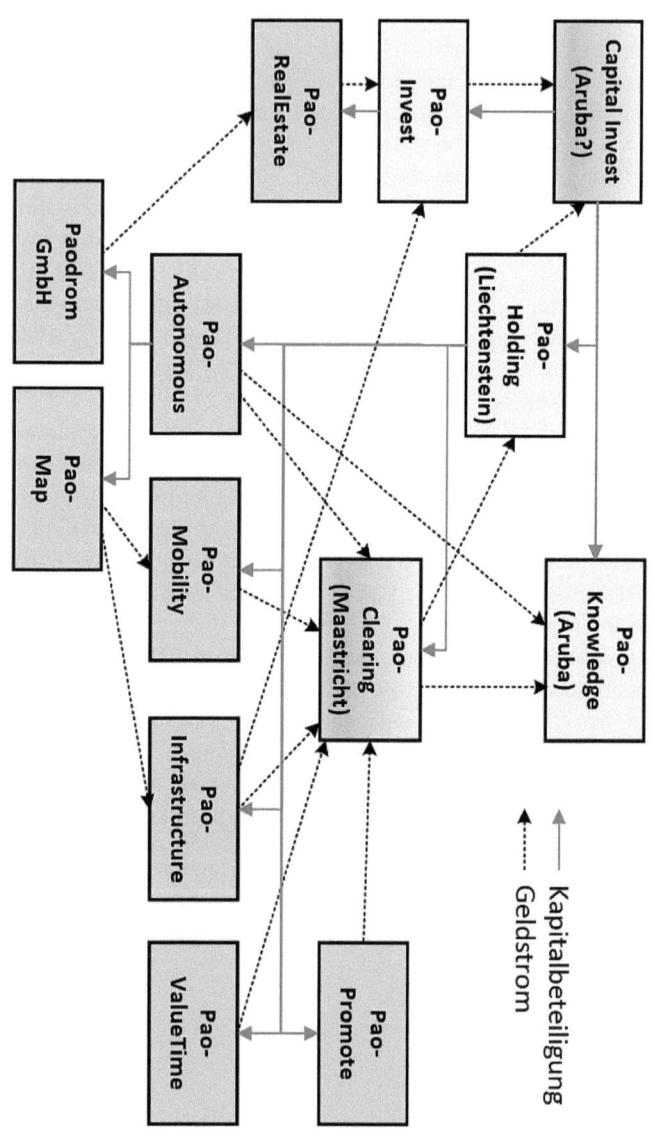

Mermaiding

Samstag, abends. In die silberne, koreanische Rennsemmel eingezwängt, waren Hegele und sein Neffe auf dem Weg nach Freihalden. Michael textete seinen digital dementen Onkel ununterbrochen zu.

Er belehrte ihn zunächst über den Effekt des 'Falschen Konsensus': Menschen haben die Tendenz, eigene Meinungen und Absichten in andere Leute zu projizieren. Dadurch erlangen sie anschließend den Eindruck, dass jene der eigenen Haltung mehr zustimmen, als dies wirklich der Fall ist. Mit einem Augenzwinkern nannte er als Beispiel Hans Hegeles Beziehung zu dessen Ex-Kollegen Mehmet Akbulut.

Von diesem Thema aus ging Michael nahtlos zur Definition der 'Risikohomöostase' über: Verringert sich das subjektiv wahrgenommene Risiko, so legen Menschen risikobereiteres Verhalten an den Tag. Auch hier hatte der Neffe gleich ein Beispiel parat. Ein Sicherheitssystem in einem Auto – etwa ein Notbrems- oder Fahrerassistenzsystem – kann dazu führen, dass sich der Fahrer im Straßenverkehr tendenziell gefährlicher verhält. Hierdurch kann er die eigentlich gewonnene Sicherheit durch sein eigenes, risikoreicheres Verhalten aufbrauchen oder gar überkompensieren.

Sein letzter Erguss an Weisheit bezog sich auf die ungeahnten Möglichkeiten, solche Fahrerassistenzsysteme auszutricksen. Sensoren nehmen ihr Umfeld wahr. Sie haben Stärken und Schwächen, zumal ihnen die schwierige Aufgabe obliegt, eine Verkehrsumgebung zu lesen und zu interpretieren, die eigentlich und seit jeher für die menschlichen Sinnesorgane gestaltet ist. Warum sollte man sie nicht einfach übertölpeln können – so wie es eine optische Täuschung beim Menschen tut? Gegen die Gefahr, Autos durch gehackte Software fernzusteuern, gab es wenigstens mittelfristig wirksame Methoden der Cyber-Security. Aber gegen toxische, also für den Menschen unsichtbar manipulierte Verkehrszeichen war immer noch kein Kraut gewachsen. Diese 'Adversarial Examples' hatten – so Klugscheißer Michael Hegele – unendliches Potenzial, die neuronalen Netze in den Kamera-Algorithmen beliebig auszutricksen.

Der Fackelzug war für sieben Uhr abends angesetzt, obwohl es zu dieser Zeit eigentlich noch hell war. Aber auch den Kindern und Jugendlichen sollte die Chance gelassen werden, ihren Unmut kundzutun.

Die beiden Hegeles hatten sich vorgenommen, eine Stunde früher da zu sein, um einen Parkplatz zu finden und die Leute beim Eintreffen zu beobachten.

Im Radio liefen die 18 Uhr-Nachrichten. Gerade wurde die Entscheidung des Memminger Flughafens verkündet, die Landebahn nun doch nicht so auszubauen, dass Airbus A380- und Boeing 747-Großraumflugzeuge aus Arabien landen und wieder starten konnten. Als Grund wurden die hohen Kosten einer solchen Umbaumaßnahme angegeben.

„Bluadiger Hund!", kommentierte der ehemalige Kommissar.

Im Mindeltal war bekannt, dass dies auch Auswirkungen auf die touristische Erschließung der Region haben würde. Insbesondere bedeutete es, dass die geplante Sommerskihalle am ehemaligen Heiligmannsee nicht weitergebaut werden würde – ein harter Schlag für die Marktgemeinde. Zum Glück gab es bereits ein Ersatzkonzept eines von der Partei JSZ angeworbenen Tierkadaververwertungsbetriebs, in das die bereits zementierten Fundamente problemlos integriert werden konnten. Das Versprechen der JSZ nach deren Wahlsieg über die CSU, dass jetzt bald ein neuer Wind im Jettinger Rathaus wehen würde, sollte also sehr rasch in die Tat umgesetzt werden – zumindest bei südwestlicher Wetterlage. Auch hier würde der neue Bürgermeister liefern.

Die zwei waren jetzt in Freihalden angekommen. Sie parkten das Auto etwas abseits unten in der Weihermahdstraße, um von dort aus zum geplanten Startpunkt des Fackelzugs am Bahnhof zu laufen. Sofort kam ein älterer Herr aus einem Haus gestürzt und wies sie höflich, aber bestimmt darauf hin, dass sie ihr Auto dort gewiss nicht abstellen könnten. Sonst könne er mit seinem Fahrzeug nicht mehr aus der Garage fahren. Dabei zeigte er auf ein handgeschriebenes Schild mit der Aufschrift "Einfahrt Freihalden!" Hegele fragte sich zwar, ob der Mann sich in seinem Alter noch Samstag abends nach Ichenhausen ins W3 oder in die Pöttmeser Dorfdisko schleppen würde. Aber er tat wie befohlen und fuhr seine Karre ein paar Meter nach vorne.

Die zwei liefen jetzt die wenigen Schritte rüber zum Bahnhof. Dort war noch nicht viel los. Ein Glatzkopf mit olivgrüner Bomberjacke stand einsam und gelangweilt herum. Er rauchte eine E-Zigarette, die eine dichte, weiße Rauchwolke mit deutlich wahrnehmbarem Vanillearoma ausstieß. Der ehemalige Kommissar konnte es sich nicht verkneifen, seinen Neffen anzustubsen und leise zu verkünden: „Papam habemus!"

Aus dem aufsteigenden Qualm lugte ab und zu ein Pappplakat hervor, das der Mann an einem Holzstil über die Schulter gelehnt hielt. Es trug eine kaum leserliche, handgeschriebene Aufschrift, deren Buchstaben zudem von links nach rechts immer kleiner wurden: 'Die ganzen Sozialromantiker sollen endlich mal warnehmen das es so nicht weiter geht!!!'

Der Kerl mit den drei Ausrufezeichen war wohl zur falschen Demo gekommen. Oder er hatte das falsche Schild eingepackt. Oder Hegele hatte die falsche Vorstellung von dem, was an diesem Abend in Freihalden abgehen würde.

Jetzt kam eine Hundertschaft Bereitschaftspolizisten von Gabelbachergreuth her angefahren. Sie parkten ihre Einsatzfahrzeuge und Wasserwerfer in Reih und Glied am Sportplatz auf der anderen Seite der Bahnlinie und bereiteten sich auf ihren Einsatz vor. Im Moment stand es noch hundert gegen einen.

So sollte es auch in der nächsten Stunde bleiben: Die ankommende Jugendgruppe des Trachtenvereins 'D'Erlebachtaler', der lokale Pfarrgemeinderat, die Schafkopfler vom Mittlara Wirt und das extra aus Ars de Fromans angereiste, zweiköpfige französische Festkomittee stellten offensichtlich keinerlei zusätzliche Bedrohung für den Dorffrieden dar.

Vergeblich warteten die Hegeles auf etwas illustrere Teilnehmerschaft. Auch die Glatze musste langsam einsehen, dass er am heutigen Sonnabend auf verlorenem Posten stand – zur falschen Zeit am falschen Ort. Er befüllte seine Zigarette ein letztes Mal mit einem Duftstoff, lief dann zu seinem deutschen Auto, legte das Pappschild in den Kofferraum, stieg ein und fuhr fort.

Pünktlich um sieben setzte sich der Fackelzug bestehend aus zwei Dutzend Teilnehmern und zwei Beobachtern in Bewegung. Aus Sicherheitsgründen wurde auf ein Entzünden der wenigen mitgebrachten Fackeln verzichtet. Die Wasserwerfer der Polizei würden nicht gebraucht werden. Die Hundertschaft machte sich bereit, wieder abzurücken. Zumal ein Einsatzfahrzeug der Freiwilligen Feuerwehr aufgetaucht war, um mit Blaulicht und Warnblinkanlage den Zug von hinten abzusichern.

Was nun folgte, glich eher einer Fronleichnamsprozession. Mit bedächtigem Schritt marschierte die Gruppe die Augsburger Straße entlang in Richtung des westlichen Ortsausgangs. Hie und da lugten Anwohner aus ihren Fenstern. Manche der in den Gärten aufgehängten Fahnen des Freistaats hingen auf Halbmast. Hegele und sein Neffe hielten sich etwas abseits. Sie liefen auf dem Bürgersteig mit etwas Abstand der in der Straßenmitte prozessierenden Gruppe hinterher.

Nach der Kurve wurde der Weg den Berg hinauf etwas anstrengender. Zum Glück hatte der Mittlara Wirt dem Anlass entsprechend vor seiner Gaststätte eine kleine, hölzerne Getränke-Verkaufsbude aufgestellt. Als deren

Limo-Reserven von der 'D'Erlebachtaler Trachtenjugend' gestürmt wurden, waren auch die anderen Teilnehmer nicht mehr abzuhalten. Der ganze Fackelzug stoppte für eine kurze Einkehr. Die Feuerwehrleute stiegen aus ihrem Löschfahrzeug aus, um jedem der in der Schlange hinter ihnen schleichenden Autofahrer einzeln den Rat zu geben, doch besser über eine andere Strecke auszuweichen. Das hier würde noch länger dauern.

Hans Hegele wurde es jetzt zu langweilig. Er richtete sich an Michael: „Hier finden wir definitiv nichts heraus. Lass uns voraus gehen."

Sein Neffe nickte zustimmend. Auch ihm war die Langeweile im Gesicht abzulesen. Sie liefen also auf dem linken Bürgersteig den Berg hoch, hin zu dem Ort, an dem – nach den ihnen vorliegenden Indizien – der Unfall passiert war.

Auch dort war nicht viel los. Hegele schätzte die Anzahl der anwesenden Personen auf etwa fünfzig. Der JSZ-Bürgermeister hatte zwar ein Podest und ein Zelt aufbauen lassen, aber das Interesse der Bevölkerung hielt sich offenbar in Grenzen – zum Leid der Würstle- und Getränkeverkäufer in den extra aufgestellten Hütten.

Ein Angestellter der Gemeinde kam auf die beiden, sich die letzten Meter den Berg hochschleppenden Hegeles zugerannt und fragte erwartungsfroh: „Kommt der Fackelzug?"

Der ehemalige Kommissar musste den Mann enttäuschen: „Noi! Das dauert noch! Die sind erstmal beim Mittlara Wirt eingekehrt."

Der Gemeindearbeiter rannte wieder hoch zu seinem Chef und flüsterte dem Bürgermeister etwas ins Ohr. Der stieg jetzt auf das Podest und trat ans Mikrofon. Nach einigen Schwierigkeiten mit der Technik verkündete er: „Liebe Mitglieder der Marktgemeinde, liebe Gäste, aufgrund des hohen Andrangs beim Fackelzug wird sich unsere Gedenkfeier hier oben noch etwas zeitlich verschieben. Leider war in der überregionalen Presse ein falsches Datum unserer Veranstaltung abgedruckt, so dass das angekündigte Fernsehteam heute nicht kommen wird. Stattdessen werden zwei unserer Gemeindemitarbeiter die Feier mittels Fotos dokumentieren. Für Essen und Trinken ist ebenfalls gesorgt." Der Bürgermeister zeigte mit seiner offenen rechten Hand auf die Verkaufsbuden.

„Ich melde mich wieder, sobald der Zug hier oben ankommt. Bis dahin wünsche ich Ihnen einen guten Appetit."

Bei mäßigem Applaus stieg das Gemeindeoberhaupt von seinem Podest. Er lief zu einem Mann, der sich dezent im Hintergrund am Rand des Zelts aufhielt, und flüsterte diesem etwas zu. Pensionär Hegele kannte diesen Kerl aus den kürzlichen Recherchen im Internet. Es war Ronny Pietsch, der Geschäftsführer der Pao-Autonomous.

Jetzt schweifte der Blick des Ex-Polizisten dorthin, wo die beiden Asylanten-Betreuer ums Leben gekommen waren. Blumen, Kerzen und Plakate der Bürger hatte man von da entfernt. Stattdessen waren jetzt drei riesige Trauerkränze auf hölzernen Gestellen aufgestellt. Einer war mit einer Schärpe in bayerischen Staatsfarben mit der Aufschrift 'In stiller Trauer, die Marktgemeinde Jettingen-Scheppach' versehen. Die anderen beiden waren mit Veilchen-lila Schleifen verziert. Sie trugen jeweils den Namen eines Getöteten und den Schriftzug 'In ewigem Andenken, die Vorstandschaft der Pao'.

„Bluadiger Hund!", dachte der ehemalige Kommissar. Mit dem Verdacht, den sich die beiden Hegeles erarbeitet hatten, hatte dieser letzte Gruß etwas Makaberes an sich. Selbst wenn der Inhalt wohl ehrlich und aufrichtig gemeint war.

Für nichtsahnende Außenstehende wirkte wohl eher die Farbe der Schärpen im Erzgebirge-Aue-Look etwas verstörend. Oder war dem Geschäftsführer der Pao-Autonomous sogar bekannt, dass nicht erst seit dem Zweiten Vatikanischen Konzil ein Violett als Sinnbild für den Übergang und die Verwandlung steht und daher als Farbe von Fastenzeit, Advent sowie bei Begräbnisfeiern verwendet wird?

Neffe Michael beobachtete derweil gelangweilt die Szenerie. Er wandte sich seinem Onkel zu: „Das ist total öd' hier. Hätte mir mehr Action erwartet. Ich will jetzt gehen! Da passiert heute Abend eh' nichts Aufregendes mehr."

Hans Hegele stimmte ihm zu. Der Fackelzug, der keiner war, hatte wenig Erkenntnis gebracht. Der Ex-Cop musste mehr wagen. Er antwortete zunächst mit einem: „Wir gehen sofort, Michael!" Dann lief er auf den Herrn im Hintergrund zu, den er als Leiter der Pao-Autonomous kannte, klopfte ihm auf die Schulter und flüsterte ihm etwas zu. Ronny Pietsch wurde blass, riss die Augen weit auf, wagte aber nicht, etwas zu sagen.

Hegele kam zu seinem Neffen zurückgelaufen. Jener wollte sofort wissen, was er denn da gemacht habe. Der ehemalige Polizist antwortete: „Ich hab' nur einen Ballon steigen lassen: Ich habe den Pao-Menschen provozierend gefragt, wer außer ihm und mir noch wisse, dass die beiden Asylanten-Helfer durch ein Fahrzeug der Pao-Autonomous ums Leben gekommen sind!" Hegele grinste verschmitzt und fügte hinzu: „Alte Taktik aus meinem früheren Job. Mal sehen, ob ich damit jemanden aus seiner Deckung herauslocken kann. Jetzt gehen wir!"

Statt über die 'Untere Dorfstraße' liefen die beiden diesmal auf dem parallelen Weg 'Hinter den oberen Gärten' zurück zu ihrem silbernen Gefährt. Ab und zu kamen ihnen Autos entgegen, die diesen Schleichweg als Umgehung der immer noch gesperrten Augsburger Straße nutzen wollten.

Beim Zurücklaufen erzählte Hans Hegele seinem Neffen, wie er die letzten beiden Kriminalfälle während seiner Zeit an der Dienststelle Burgau gelöst hatte. Und Michael berichtete seinem Onkel von seinem kürzlichen vierten Platz bei der Süddeutschen Meisterschaft in seinem Hobby 'Mermaiding', dem als Meerjungfrau verkleideten Schwimmen mit einer Monoflosse.

Hegele wagte nicht, den jungen Mann zu fragen, ob er bloß Individualist oder auch schwul sei, so wie seine Frau von ihm annahm.

Anruf

Samstag, nachts. Das Festnetztelefon musste schon zigmal geläutet haben. Hans Hegele war erst langsam aus seinem Tiefschlaf aufgewacht und hatte realisiert, dass das Klingeln aus dem eigenen Wohnzimmer kam. Seine berufstätige Frau ruaßelte friedlich neben ihm. Sie hatte von dem nächtlichen Telefonterror noch gar nichts mitbekommen.

Der ehemalige Polizist schlich sich – ohne Licht anzuschalten – aus dem Schlafzimmer zum Festnetztelefon im Wohnzimmer. Dort schloss er erst die Tür, machte die Deckenbeleuchtung an und nahm ab: „Hier Hegele."

Am anderen Ende der Leitung war erstmal nichts zu hören. Hatte der Anrufer schon aufgelegt? Wie in Trance ging Pensionär Hegele seinem ersten Verdacht nach und fragte: „Michael, bist Du's? Hast Du was im Auto oder bei uns daheim vergessen?"

Jetzt hörte er eine tiefere, leicht sächselnde Stimme, die irgendwie nicht zu seinem Neffen passte: „Herr Hegele, entschuldigen Sie bitte die Störung. Sie haben heute Abend beim Fackelzug in Freihalden Andeutungen gemacht. Was genau wollen Sie jetzt von mir?"

Der Anrufer war der Leiter der Pao-Autonomous. Irgendwie musste er an Hegeles Namen und Telefonnummer gekommen sein: „Woher haben sie meine Nummer?"

Ronny Pietsch ging nicht auf die Frage ein. Stattdessen machte er einen Vorschlag: „Können wir uns treffen? Morgen früh, 10 Uhr, bei der Wallfahrtskirche Allerheiligen in Scheppach? Nur Sie und ich?"

„Ja, geht in Ordnung!", sagte Hegele cool zu. Er wünschte seinem Gegenüber noch eine gute Nacht und legte auf. Von wegen 'cool'. Der Pensionär zitterte am ganzen Körper.

Bärendienst

Sonntag, früh. „Bluadiger Hund!" Der Moment, an dem Hegele einige Stunden zuvor den Telefonhörer aufgelegt hatte, war für ihn der Beginn einer schlaflosen Nacht gewesen. Ein solcher nächtlicher Anruf passte eher ins Milieu der italienischen oder russischen Mafia, denn ins friedfertige und hinterwäldlerische Mindeltal.

Erst als am Morgen der Wecker klingelte, hatte sich der Ex-Cop selbst dazu überredet, zu glauben, dass er persönlich im Moment nichts zu befürchten habe. Erstens hatte der Anrufer – anders als in den einschlägigen Mafia-Filmen – in keinster Weise irgendeine versteckte Drohung ausgesprochen. Zweitens wusste sein Gegenüber noch nicht, was Hegele alles wusste. Jener würde es deshalb unmöglich wagen, ihm oder seiner Familie etwas anzutun. Rentner Hegele konnte also in aller Ruhe zu dem Treffen gehen – so zumindest seine Theorie.

Er ging aufs Klo. Dann wusch er sich, putzte die Zähne, zog sich an. Duschen musste er nicht – das hatte er noch am Vorabend direkt vor dem Schlafengehen gemacht. So wie immer.

Am Kaffeevollautomaten ließ er eine Tasse des Gesöffs heraus und trank sie in einem Zug aus. Eine zweite, leere Tasse ließ er mit einem Teelöffel und etwas Zucker darin davor stehen. Ein Symbol dafür, dass er auch seiner Frau einen Kaffee gemacht hätte, wenn die nicht noch zwei Zimmer weiter friedlich schlafen würde.

Hegele griff nach seiner beigen Blousonjacke und verließ das Haus. Bis zu seinem Treffen waren es noch drei Stunden. Nicht mehr als fünfzehn Minuten würde er bis Allerheiligen brauchen. Das ließ ihm geschlagene 165 Minuten, die es vorher totzuschlagen galt. Er setzte sich in seinen Kleinstwagen und fuhr in Richtung Scheppach. Statt der Hauptstraße über Röfingen nahm er den Umweg über Burgau, den Schleichweg am Autobahnsee entlang. Auf der Autobahnbrücke hielt Hegele an, stieg aus und verschloss sein Gefährt. Er kletterte über die Leitplanke und starrte westwärts auf die A8.

Die Autobahn war in diesem Augenblick – überraschenderweise – vollkommen leer. Sie lag ganz friedlich und still unter ihm. Es war zwar noch früh an diesem Sonntagmorgen, aber dass da gar niemand unterwegs war, grenzte an ein Wunder. Der ehemalige Kommissar dachte an seinen derzeitigen Fall. Für ein autonom fahrendes Auto wäre das wohl der Himmel auf Erden: Kein Verkehr, auf den zu achten wäre, einfach nur mit Geofencing locker dahincruisen. Am Horizont erschienen jetzt von Günzburg aus kommend zwei Fahrzeuge, die sich ein heißes Rennen boten. Eines hatte ein gelbes Nummernschild. Die Ruhe hatte ein Ende.

Hegele war sich noch nicht schlüssig, ob er es wirklich wagen sollte, zu diesem mysteriösen Treffen in Allerheiligen zu gehen. Seine Frau konnte er in solchen Situationen nicht um Rat fragen. Die hätte ihm natürlich abgeraten und seine Detektiv-Ambitionen mit einem Kopfschütteln quittiert.

Der Ex-Cop erinnerte sich an einen Satz, den ihm vor Jahren einer seiner kriminellen Kunden beigebracht hatte. In einem Verhör hatte der von sich gegeben: „Der Tod sitzt immer auf unserer linken Schulter – wir können ihn jederzeit befragen." Welche Weisheit! Einfach alles im Licht auf unser eigenes Ende betrachten, die Dinge relativieren, den Elefanten wieder zur Mücke machen... Was würde ich tun, wenn ich durch den Gefährten auf meiner Schulter wüsste, dass ich nur noch wenige Tage zu leben hätte? Hegele stellte sich jetzt genau diese Frage. Die Antwort kam wie aus der Pistole geschossen: Hingehen und herausfinden, was los ist. Howgh! – das Ding auf seiner linken Schulter hatte gesprochen.

Ex-Bulle Hegele stieg wieder über die Leitplanke, lief zum Auto, stieg ein und fuhr los. Es waren immer noch 150 Minuten, die er herumkriegen musste. Doch – so sein Entschluss – ganz sicher nicht hier auf dieser Autobahnbrücke. Dafür war ihm sein Leben zu kostbar.

Er fuhr wieder heim. Unterwegs hielt er beim Bäck an und kaufte Semmeln für's Frühstück. Zu Hause deckte er anschließend für seine Frau liebevoll den Sonntagmorgen-Tisch. Sie schlief immer noch und bekam von den hektischen Aktivitäten ihres Gatten nichts mit. Nachdem alles vorbereitet war, schrieb Hegele auf einen Zettel 'Guten Appetit!'. Er legte diesen mit auf den Tisch und schlich sich wieder aus dem Haus. Ganz entgegen seiner Gewohnheiten führte ihn sein Weg jetzt in die Burgauer Kirche. Dort nahm er am Gottesdienst teil. Zumindest bis Viertel vor zehn. Dann verließ er vorzeitig das Gotteshaus, schwang sich in seinen koreanischen Kleinstwagen und fuhr nach Allerheiligen.

Dort angekommen ließ er sein Auto unten auf dem nahezu voll besetzten Parkplatz stehen. Im angrenzenden, durch den Bau des Autobahnzubringers auf ein paar Bäume geschrumpften Waldstück musste die Hölle los sein – voller Jogger, Nordic Walker, Hundebesitzer, die ihre Köter ausführen wollten, ohne hinterher die Haufen wegmachen zu müssen.

Trotz seiner zwei Stents stapfte er die rund 160 Stufen im Eilschritt hoch zur Kapelle. Die Show konnte beginnen, und er wollte dabei nicht zu spät kommen. Oben angelangt erinnerte er sich an die Worte der Chefärztin in der Herzklinik: „Herr Hegele, wenn Sie irgendwo einen Aufzug sehen, dann nehmen Sie die Treppe!" Heute wäre sie sicherlich stolz auf ihn gewesen, auch wenn ihm auf den letzten Metern fast die Puste ausgegangen wäre.

Unter dem großen Kastanienbaum auf dem Plateau war nicht zu übersehen, wer ihn da oben schon erwartete: Direkt vor dem seitlichen Eingang zur Kirche war rückwärts ein wuchtiger, Veilchen-lila Geländewagen geparkt. In dieser Position hätte er wie ein Wellenbrecher jeder Massen-panik aus dem Inneren der Kapelle widerstanden.

Die Beifahrertür öffnete sich wie von Geisterhand und lud Hegele zum Einsteigen ein. Ohne zu zögern, lief er hin und setzte sich auf den mit edlem, weißen Veloursleder bezoge-nen Sitz. Er wurde empfangen von einem leicht sächselnd vorgebrachten: „Mann, sind Sie verschwitzt! Warum sind Sie nicht einfach mit Ihrem Auto hochgefahren?"

Natürlich gab es dafür Gründe – etwa die Untermotorisie-rung seines koreanischen Kleinstwagens in Kombination mit der Steigung oder das weiße, kreisrunde Schild mit rotem Rand an der Auffahrt nach Allerheiligen. Doch Pensionär Hegele steckte diese Frage einfach unbeantwortet weg und wechselte das Thema: „Einen wunderschönen guten Mor-gen!"

Der Gruß wurde mit einem trockenen „Ebenso!" quit-tiert. Das Eis war gebrochen.

„Was wollen Sie von mir?", wollte der Geschäftsführer der Pao-Autonomous wissen: „Wie viel Geld verlangen Sie?"

Hegele verzog keine Miene. Er merkte sofort, dass Ronny Pietsch nichts anbrennen ließ. Und dass er selbst in diesem Spiel nur dann die weitaus besseren Karten haben würde, wenn er sich jetzt nicht aus der Deckung wagte. Sein Zug begann mit einem kleinen Bluff, einem alles und nichts sa-genden Satz, in den Pietsch alles und nichts würde hineinin-terpretieren können: „Wir leben im Zeitalter der Informa-tionen. Manche Informationen sind unbezahlbar, genauso wie Menschenleben unbezahlbar sind."

Sein Gegenüber fiel auf den Trick herein: „Aber alles hat doch seinen Preis!", insistierte er. „Nennen Sie ihn!" Der Kerl wollte also nicht lange um den heißen Brei herumre-den. Aus seinem vormals leicht näselnden Akzent war jetzt ein klassisches Sächseln geworden – ein eindeutiges Zeichen, dass er seine Konzentration im Moment nicht mehr dafür aufwendete, seinen Migrationshintergrund zu überspielen.

„Wenn man zwei Menschenleben auf dem Gewissen hat...",

provozierte der Ex-Cop mit schwammigen Worten.

Ronny Pietsch roch jetzt den Braten. Er wurde laut: „Sie glauben doch wohl hoffentlich nicht, dass ich die beiden totgefahren habe... Das brauchen Sie mir gewiss nicht anhängen!" Er wurde leiser: „Ich habe den Bürgermeister sogar noch angerufen, dass er ja nicht vergessen soll, das Fahrzeug Punkt 12 zurückzubringen. Aber dieser Egomane hat ja nicht hören wollen und ist mit seiner Frau einfach weiter durch die Gegend gefahren. Der konnte ja von dem autonomen Cruisen nicht genug bekommen..."

Jetzt war es heraus: Hegele zählte eins und eins zusammen. Es war also das JSZ-Marktgemeindeoberhaupt, der die beiden Flüchtlingsbetreuer mit dem weißen Pao-SUV auf die Haube genommen und über den Jordan geschubst hatte.

„Warum decken Sie ihn?", wollte der Pensionär jetzt wissen.

Der Pao-Geschäftsführer entgegnete erzürnt: „Glauben Sie ja nicht, dass Sie mehr aus mir herausholen, nur weil Sie meinen, sich hier blöd stellen zu können! Wie viel Geld wollen Sie also?" Er setzte noch eine etwas plumpe Drohung oben drauf: „Ich kann auch anders!"

Dem Ex-Kommissar war klar, dass sein Gegenüber gewiss auch anders konnte. Aber der würde es nicht wagen, gewalttätig zu werden. Erstens war er dafür nicht der Typ. Zweitens konnte er nicht annehmen, dass das überhaupt zu einer Lösung seines Problems führen würde. Hegele ließ noch einen Versuchsballon steigen: „Und Sie wollen wirklich auf sich nehmen, was der Bürgermeister zu verantworten hat?"

Jetzt klang der Leiter der Pao fast schon verzweifelt: „Was soll ich sonst machen? Es sind meine Technologie und mein Geschäftsmodell, die hier auf dem Spiel stehen."

In der Tat: Das Kalkül war durchaus berechtigt. Eine negative Pressemeldung und eine Schlammschlacht mit dem Gemeindeoberhaupt hätten den Ruf der Pao so sehr beschädigt, dass sie das Konzept des 'Geofencing' hätten in die Tonne treten können – oder 'den Hasen geben', wie man nördlich der A8 zu sagen pflegte. Welcher Automobilhersteller oder Anbieter autonomen Fahrens hätte jemals diese Idee zur Marktreife gebracht, wenn nachweislich zwei Menschen dadurch ums Leben gekommen waren? Durch einen Autenrieder Biergarten zu fahren, war eine Sache – ein vielleicht noch entschuldbarer Lapsus in der Vorentwicklung. Aber während einer akribisch geplanten Produktdemonstration von der Straße abzukommen und zwei Passanten über den Haufen zu fahren, das war ein gefundenes Fressen für die Boulevardpresse und die Konkurrenz – egal, welche noch so plausible Erklärung das Abschalten der GPS-Satellitengenauigkeit für das Fehlverhalten lieferte. Der Bürgermeister hatte der Pao-Autonomous mit seiner Eskapade einen Bärendienst erwiesen. Und deren Geschäftsführer versuchte die Auswirkungen jetzt mit etwas Geld einzudämmen.

Das ganze Ausmaß und die Zwickmühle, in der Ronny Pietsch saß, wurden Hegele erst jetzt klar. Er tat ihm fast schon etwas leid. Der ehemalige Cop bewertete die Situation mit einem unausgesprochenen: „Bluadiger Hund!"

Bluff

Sonntag, morgens. „Woher haben Sie meinen Namen und meine Adresse?", wechselte Hegele das Thema in seiner in vierzig Jahren Berufsleben eingeübten Verhörmanier.

Der Gefragte wirkte erstaunt: „Sie haben doch die ganzen letzten Tage schon herumgestochert. Vom Bürgermeister wusste ich, dass Sie versucht hatten, beim Wosch-Bäck an Informationen zu kommen. Doris, die Mitarbeiterin aus dem Rathaus, hatte Sie sofort erkannt und gemeldet. Danach haben wir über Sie nachgeforscht und Sie beobachten lassen. Weil Sie keinen Kontakt zur Polizei aufgenommen haben, habe ich eins und eins zusammengezählt. Ihre Andeutung gestern Abend in Freihalden war dann die Bestätigung, dass auch Sie das Interesse haben, dass wir uns hier gütlich einigen werden."

Er nickte Hegele ein paar Mal zu, um dessen Zustimmung einzufordern. Das war es also: Der Geschäftsführer war der üblichen Täuschung aufgesessen, auf die Menschen in aller Regel hereinfallen. Statt die Situation in der Helikopterperspektive zu bewerten, hatte Ronny Pietsch seine eigenen Gedanken- und Verhaltensmuster auf Hegele projiziert. Damit war es für ihn nur noch allzu kohärent zu glauben, dass man auch bei dem Pensionär mit Geld alles machen konnte, dass auch Hegele seinen Preis hatte. Der Ex-Cop fühlte sich gekränkt, selbst wenn er es sich in diesem Moment nicht anmerken ließ. Wie konnte man von ihm überhaupt annehmen, dass er bestechlich sei? Oder dass er die Gelegenheit suchen würde, eine andere Person aus Eigennutz zu erpressen? Seinen allgegenwärtigen Gefährten auf der linken Schulter brauchte Hegele da gar nicht erst zu fragen: Den koreanischen Kleinstwagen und das spießige, noch vom

Erdgeschoss aufwärts der Bank gehörende Reihenhaus im Mindeltal hätte der niemals gegen einen Sportwagen, eine Yacht und eine Luxusvilla in der Karibik eingetauscht.

Überraschend war noch, dass ihn offenbar jemand die letzten Tage überwacht hatte. Dem Privatdetektiv und Kriminalhauptkommissar a.D. Hegele – gewaschen mit allen Wassern, Profi im Stöbern und Schnüffeln, Meister der Täuschung und Manipulation – war das zu keiner Zeit aufgefallen. Sie hatten den Spieß einfach umgedreht. Er war auf einmal der Gejagte! Doch trotz all ihrer Anstrengungen waren sie dennoch zur falschen Schlussfolgerung gekommen. Nein, einen Hans Hegele konnte man nicht kaufen!

„Warum haben Sie den Bürgermeister überhaupt fahren lassen?", wollte Hegele jetzt wissen.

Sein Gegenüber schaute ihn verdutzt an. Dann antwortete er mit vorwurfsvollem Unterton: „Ich dachte, Sie hätten das verstanden!" Nach einer kurzen Atempause fuhr er fort: „Erstens haben wir das neue Geofencing-System vorgestellt. Da durften alle Politiker und die eingeladenen Vertreter der Presse einmal fahren." Er holte wieder Atem. „Außerdem hätte ich meinem Chef das ja wohl kaum verbieten können."

Diese Aussage kam so überraschend wie ein Blitz aus heiterem Himmel. Hegele traute seinen Ohren nicht. Wie hatte er den Bürgermeister gerade genannt? „Chef?", fragte Hegele nach.

„Ja: Chef!", bestätigte Ronny Pietsch: „Ich dachte, Sie hätten das längst verstanden: Der Bürgermeister ist doch fünfzigprozentiger Anteilseigner unserer Muttergesellschaft, der Pao-Holding, sowie hundertprozentiger Besitzer der Pao-Knowledge auf Aruba. Den Rest der Anteile hält seine Frau."

Bluadiger Hund! Die Geschichte wurde immer komplexer und verworrener. Hegele hatte auf einmal das Gefühl, dass er kurz davor war, aufzufliegen. Ronny Pietsch würde bald bemerken, dass er gar nicht alles wusste, was er zu wissen vorgab. Irgendwie musste der Pensionär aus der Sache rauskommen. Und wie so oft in seinem Ermittlerleben half ihm der Zufall.

Mit dem aus den Wallander-Spielfilmen bekannten Klingelton meldete sich auf einmal der Handyknochen aus Hegeles rechter Blouson-Innentasche. Der Rentner blickte sein Gegenüber an, ob er das Telefongespräch annehmen dürfe. Jener bestätigte mit einem Kopfnicken.

Hegele nahm das schwarze Mobilgerät an sich, drückte den grünen Knopf auf der noch voll-analogen Tastatur und führte es dann an sein rechtes Ohr: „Hier Hegele!"

Am anderen Ende meldete sich sein ehemaliger Kollege, Mehmet Akbulut. Hastig legte dieser los: „Hans, ich wollte noch einmal mit Dir sprechen und ich muss mich bei Dir entschuldigen, dass ich mich einfach so ausgeklinkt hatte. Aber ich will mich nochmal erklären. Meine Frau und ich, wir sind beide der festen Überzeugung, dass es keinen Sinn macht, auf eigene Faust zu versuchen, die Geschehnisse in Freihalden aufzuklären. Wir müssen das der Polizei und den ermittelnden Beamten überlassen. Nur die haben die nötigen Mittel, die Untersuchung auf zielführende Weise voranzutreiben. Und wir sollten den Profilern mit ihrer Expertise und jahrzehntelanger Erfahrung vertrauen. Wenn die sagen, dass es ein islamistisch motivierter Anschlag war, dann ist da bestimmt auch etwas dran. Das sind doch keine Amateure. Wir zwei jedenfalls können so etwas gar nicht richtig bewerten. Hans, verstehst Du, was ich meine?"

Hegele verstand, was Akbulut damit sagen wollte. Aber das war ihm in diesem Augenblick alles andere als wichtig. Blitzschnell schossen die Gedanken durch das neuronale Netz in seiner Großhirnrinde. In Windeseile hatte er die Lösung: Für sich, für seinen Freund am anderen Ende der Telefonleitung und für seinen Gegenüber, Ronny Pietsch.

„Au contraire, Mehmet, au contraire! Ich schalte Dich jetzt auf Lautsprecher."

Er nahm wieder das Telefon von seinem Ohr weg, hielt es vor sich hin und drückte auf eine Plastiktaste, die das Symbol eines Lautsprechers trug. Dann rief er laut: „Du bist jetzt auf 'laut' und wir können Dich hören. Neben mir sitzt Herr Ronny Pietsch, der Geschäftsführer der Pao-Autonomous. Er weiß, dass wir wissen, dass der Bürgermeister den Unfall in Freihalden mit einem Testfahrzeug der Pao-Autonomous verschuldet hat. Er hat uns ein lukratives Angebot zu machen."

Der Deep Fake des Ex-Polizisten verfehlte seine Wirkung nicht. Ronny Pietsch war aus dem Konzept gebracht. Jetzt waren es schon zwei Erpresser. Auf seiner Stirn bildeten sich augenblicklich kleine, fast kugelrunde Schweißperlen. Er fiel auf den Trick herein. Stotternd und mit sächsischem Akzent wiederholte er seine Frage von vorhin: „Was wollen Sie dafür, dass Sie beide schweigen? Wollen Sie Geld? Ich biete Ihnen fünfzigtausend Euro jetzt und noch einmal fünfzigtausend Euro in genau zwei Jahren, wenn Gras über die Sache gewachsen ist."

Diese Summe war absolut lächerlich.

Der Geschäftsführer bemerkte Hegeles zögerlichen Blick und legte frech nach: „Ihr zwei hängt da jetzt mit drin. Wenn ich auffliege, dann fliegt auch Ihr beide auf. Erpressung ist kein Kavaliersdelikt!"

Jetzt wollte er also auch noch einschüchtern. Mehmet Akbulut am anderen Ende der Leitung hatte verstanden, was da gerade vor sich ging. Ihm wurde es zu bunt. Der Polizist übernahm jetzt die Initiative und sprach ins Telefon: „Ich habe da ein Angebot für Sie, das Sie besser nicht ausschlagen sollten."

Er machte eine kurze Pause. Ronny Pietsch harrte der Dinge, die jetzt kommen würden. Sein Gesichtsausdruck entsprach einer Mischung aus froher Erwartungshaltung und gesundem Misstrauen. Hegele war ganz still. Er mischte sich jetzt nicht ein, sondern vertraute dem Polizei-Instinkt seines Ex-Kollegen. Dieser fuhr fort: „Ich schlage vor, dass wir uns dazu gleich morgen füh treffen. Sagen wir um 8 Uhr, in Burgau." Wieder machte er eine kleine Pause.

„Kommen sie einfach zur Polizeidienststelle und fragen

Sie nach mir: Mein Name ist Kommissar Akbulut. Ich ermittle in dem Fall und weiß jetzt genug. Reiten Sie sich also besser nicht noch mehr in die Angelegenheit hinein, indem Sie den JSZ-Bürgermeister weiterhin decken. Und bringen Sie das Fahrtenbuch des Unfallfahrzeugs mit. Sie führen doch eines, oder?"

Das hatte gesessen.

Trotz seiner eigenen Überraschung hatte der beurlaubte Mehmet Akbulut sofort geschaltet und richtig erkannt, wie die Karten jetzt auszuspielen waren. Der von ihm gewählte Zug war geschickt und feinsinnig. Hegele war in diesem Moment stolz auf seinen polizeilichen Ziehsohn – die Jahre der Zusammenarbeit hatten sich ausgezahlt.

Ronny Pietsch war blass im Gesicht, ein Häufchen weißes Elend in einem protzigen, Veilchen-lila SUV. Hans Hegele war sich sicher, dass der Geschäftsführer der Pao-Autonomous am nächsten Morgen pünktlich in Burgau erscheinen und eine umfassende Aussage machen würde. Über den fahrlässigen Unfall des Bürgermeisters, der zum Tod zweier unbescholtener Bürger geführt hatte, aber auch über den Sumpf an Verstrickungen des Gemeindeoberhaupts mit dem neu angesiedelten Gewerbe – zu seinem eigenen Vorteil und zum Nachteil der Einwohner der Marktgemeinde Jettingen-Scheppach.

Durch Drücken des roten Knopfes beendete der Ex-Polizist das Telefongespräch. Es war nichts mehr hinzuzufügen. Er stieg grußlos aus dem Wagen aus, warf die Beifahrertür zu und rannte eilig die rund 160 Treppenstufen von Allerheiligen hinunter zum Parkplatz. Unten angekommen stieg er in seine silberne, koreanische Rennsemmel ein und raste los. Mit etwas Glück war seine Frau noch nicht mit dem Frühstück fertig. Mit etwas mehr Glück hatte sie ihm ein paar Semmeln übriggelassen.

Rehab

Einige Wochen später. Der Fall war gelöst. Alles war wieder gut. Im Rahmen einer internen Anhörung war Mehmet Akbulut vom Vorwurf der Beleidigung vollständig rehabilitiert worden. Noch mehr: Für die Hilfe bei der Aufklärung der Ereignisse hatte er von höchster Stelle – vom Vorgesetzten aus Kempten – eine mündliche Belobigung erhalten.

Der Polizeichef aus Kempten hingegen war vom Ministerpräsidenten des Freistaats höchstpersönlich aufgrund seiner progressiven Anwendung neuester wissenschaftlicher Methoden ausgezeichnet worden. Für den Einsatz künstlicher Intelligenz zum Schutz der Bevölkerung nach Terroranschlägen trug er jetzt den Bayerischen Maximiliansorden. Akbulut war alles andere als überrascht: Wenn die Sonne nur tief genug steht, dann werfen selbst Zwerge lange Schatten.

Aufgrund eines Nichtauslieferungsbeschlusses des Inselstaats Aruba konnte der Haftbefehl für den rechtzeitig sich verdünnisierten JSZ-Bürgermeister zwar nicht vollstreckt werden. Dennoch waren er und seine Familie genug gestraft: Jeder Segelturn mit ihrer schnittigen Dreimast-Hochseeyacht in europäische Gewässer hätte seine Verhaftung bedeuten können. Der Arme! Nie wieder würde er seinen Fuß auf heimischen Boden setzen können – für immer und ewig zu einem Leben in der Karibik verdammt. Auf ewig unbezahlt blieb deshalb auch Michael Hegeles Grabrede auf der Beerdigung der ums Leben gekommenen Asylantenbetreuer, die jener in Auftrag gegeben hatte.

Ein großes Mysterium blieb ungelöst. Vielen der Einwohner der Marktgemeinde war es unerklärlich, wie der JSZ-Bürgermeister es – ganz im Gegensatz zu seinen CSU-

Vorgängern! – geschafft hatte, bei absolut jedem Geburtstag, jeder Trauerfeier, jeder Einweihung, jedem Fest und dabei oft gleichzeitig ganz vorne zu stehen, um sich für alle Lokalzeitungen ablichten zu lassen. Die vielversprechende Doppelgängertheorie blieb für immer unbestätigt.

Die notwendig gewordenen Bürgermeisterneuwahlen in Jettingen-Scheppach hatte die CSU inzwischen für sich entscheiden können und damit dem Spuk ein Ende bereitet. Als erstes hatte die Partei die Pläne für die Tierkadaverbeseitigungsanlage am ehemaligen Heiligmannsee auf Eis gelegt. Dann wurden sogleich zwei neue Stellen für ehrenamtliche Integrationsbegleiter (m/w) im Wochenblatt ausgeschrieben. Zusammengefasst: Friede, Freude, Eierkuchen in Kammel- und Mindeltal!

Kommissar Akbulut rief bei Hans Hegele auf dem Festnetz an, um ihm gleich die positive Neuigkeit seiner Wiedereinstellung zu überbringen und ihm für die gemeinsame Arbeit zu danken.

Am Telefon antwortete Hegeles Tochter. Die Arme! Sie hatte für viel Geld einen Platz in der Businessclass buchen müssen, da so kurzfristig bei keiner der interkontinentalen Airlines mehr Plätze in der Holzklasse zur Verfügung gestanden waren. Wenigstens war dieses Mal ihre Reise nicht ganz umsonst gewesen:

„Mein Vater ist vorgestern früh gestorben. Er ist einfach nicht mehr aufgewacht. Die Beerdigung ist am Freitag", meinte sie trocken. Dann fügte sie hinzu: „Ich weiß, dass Sie ihm immer ein treuer Kollege und ein wirklich wahrer Freund waren. Er hätte sich sicher gefreut, wenn er gewusst hätte, dass Sie zur Begräbnisfeier kommen werden. Sein Neffe Michael wird die Trauerrede halten."

Akbulut verstand, dass auch diesem Ende ein Hegelescher Zauber inne gewohnt hatte: Einfach morgens mal aufwachen und merken, dass man tot ist – am Abend zuvor noch frisch geduscht. Was will man mehr vom Leben?

– ENDE –

„Thank you, Hans, for being such a tremendously accurate lector & so extremely good proofreader for this novel. Your corrections and proposals were so fundamentally important. Hans, you are the greatest. Repeat: The greatest! On a scale between 1 and 10, I rate your contribution a perfect 10. Powerful energy. Beautiful inspiration. Really big service. Made this book great again."